L'art de lier les êtres

Paolo Milone

L'art de lier les êtres

Traduit de l'italien
par Emanuela Schiano di Pepe

CALMANN LEVY

CALMANN LÉVY
ÉDITEUR DEPUIS 1836

Titre original :
L'ARTE DI LEGARE LE PERSONE

Première publication : Supercoralli, Einaudi, 2021, Turin

COUVERTURE
Maquette : olo.éditions
Tableau de Nicolas de Staël, *Les Mouettes* (1955)

ISBN : 978-2-7021-8767-8

1

Ayant fui par peur tous les autres métiers,
je me retrouve à faire le métier dont tout le monde
a peur.

I

Le Service 77

1

Je circule pour la première fois dans le nouveau service de psychiatrie :
ils ont oublié les salles destinées aux entretiens.
Un peu comme si on oubliait les salles d'opération dans un service de chirurgie.
Je demande : où va-t-on faire les entretiens ?
Ils m'ont regardé étonnés, quelle question :
les entretiens ? Dans les chambres des patients,
bon sang !
Je dis : dans les chambres, le chirurgien fait un pansement, retire les points de suture, palpe des abdomens,
mais pour les gestes chirurgicaux, il lui faut une salle spécifique.
Moi qui suis psychiatre, près du lit du patient, je dis bonjour, je remplis des formalités, je pince une joue, je blague, je souris en me tenant à distance.
Je suis peut-être jeune, mais j'en suis certain :
pour les entretiens, il me faut une salle d'entretien,
bon sang.

2

J'ai insisté pour avoir une salle destinée aux entretiens.
Ils m'ont répondu qu'il n'y a pas le budget pour des choses chères.
Chères ? Je demande seulement une pièce vide.

3

Ils sortent des balais d'un cagibi et ils me disent :
ça te va ici pour les entretiens ?
C'est trop petit. Va dans la salle à manger alors.
C'est trop grand.
Mais qu'est-ce que tu veux à la fin ?

La salle pour les entretiens ne doit pas être très spacieuse,
ni très exiguë.
Elle ne doit pas être très éclairée, ni très sombre.
Elle ne doit pas être très bruyante, ni très silencieuse.
Je réalise que c'est trop compliqué. C'est une pièce magique.
Jamais je n'aurai de salle pour les entretiens.

4

Hier, les administrateurs sont venus voir le nouveau service psychiatrique et ils étaient ravis : qu'est-ce qu'elles sont spacieuses les chambres des patients !
Puis, bruyants et euphoriques, ils sont partis vers d'autres horizons. Et j'ai pensé :

Les euphoriques sont ambitieux, effrontés et infatigables, l'euphorie les aide à faire carrière.
Mais dès qu'ils ont obtenu leur place ils s'ennuient et,
au lieu d'administrer, ils regardent autour d'eux :
qu'est-ce que je fais ici ?
Ils pensent déjà aller voir ailleurs.
C'est leur limite, ils ont besoin de bouger.
Voilà pourquoi les administrateurs, de bonne foi ou
par incompétence, pensent que les patients aiment l'espace. Pour eux, l'espace est une valeur en soi.
Mais ce n'est pas le cas.
L'euphorie n'est qu'un des nombreux troubles psychiatriques :
dans d'autres cas les patients sont indifférents à l'espace,
dans d'autres encore, incroyable mais vrai, ils sont angoissés par l'espace.
Le monde est rempli de dépressifs qui dorment sur le canapé sans même se mettre en pyjama,
ou sur le bord du lit sans remonter le drap, ils sont nombreux à dormir sur une chaise.
Si on leur donne un lit double, au bout d'un mois il est encore intact.
Ils préfèrent ça. Ce n'est pas d'espace extérieur dont ils ont besoin.

5

J'entre dans d'énormes chambres vides,
j'aperçois le patient au loin dans son lit,
à travers des mètres cubes de rien,

enflés de folie, où des mondes infinis coexistent,
et, au bout d'un long voyage dans le silence,
j'atteins l'île du désespoir,
tandis que le maître a déjà réveillé les chiens
et dégainé le couteau.
Quand j'arrive à destination je suis fatigué et sans défense.
Je ne sais plus quoi dire, ni quoi faire.
Je ferais mieux de reculer vers un lieu sûr,
d'abandonner cette chaloupe dans la mer infinie.

6

Chaque matin un frisson, franchir
trois portes blindées pour aller travailler.
C'est comme si j'entrais dans une centrale nucléaire
en transportant des piles dans une eau lourde,
ou dans les caveaux de la banque d'Italie, débordants de lingots d'or et de platine,
ou dans le cyclotron, à mille mètres sous le massif du Gran Sasso,
ou dans une base secrète du Spectre, parcourue par des chats blancs,
ou dans les laboratoires de recherche du virus Ebola.
Mais non, quelle déception : après avoir poussé
la première, la deuxième, la troisième porte,
je vois toujours les têtes de Giovanni, Lidia et Antonio.

7

Tout le monde a l'air satisfait, on dit que l'on va réduire le nombre de lits dans le service.
Les administrateurs sont ravis, car ils vont faire des économies,
les infirmiers sont contents, car ils auront moins
de choses à faire.
Moi je suis médecin, de quoi dois-je me réjouir ?
De moins travailler ?

J'erre donc dans les espaces vides, j'entends la pluie qui tombe, les arbres battre à la fenêtre.
C'est la nouvelle psychiatrie. Elle n'est pas là.
Quel bonheur.

8

Quand j'étais jeune psychiatre au dispensaire, on s'étonnait de me voir enfermé dans une pièce à parler avec les patients.
À l'asile on ne le faisait pas et ça semblait une bizarrerie d'universitaire.
Dès que je démarrais un entretien, quelqu'un ouvrait la porte sans frapper
et regardait à l'intérieur, par pure curiosité.
Puis entrait un infirmier qui faisait claquer un, deux, trois tiroirs, cherchait en vain quelque chose, et sans dire un mot, il sortait.
Si j'étais avec une femme, le chef de service en personne débarquait pour vérifier qu'on ne couchait pas ensemble.

Il y avait un va-et-vient permanent : l'un qui demandait quand je libérerais la pièce,
un autre la réservait pour l'après-midi, on demandait d'utiliser le téléphone,
on remarquait qu'on était là depuis dix minutes.
Deux personnes s'enferment dans une pièce pour
discuter : c'est étrange. Troublant.
Même dans un dispensaire.

9

Dans le nouveau service, les plafonds sont désormais couverts de détecteurs de fumée et d'autres diableries électroniques,
ça clignote de partout : petites lumières blanches, rouges et vertes dans l'obscurité nocturne,
comme ces nuits pleines de magie à la campagne,
quand les lucioles apparaissent.

Trois jours après l'inauguration, un paranoïaque me dit : c'est par là qu'on m'espionne.
Dans l'esprit des patients, les petites lumières deviennent des caméras, des micros, des insufflateurs de poison.
Hier j'ai demandé à un administrateur : on ne pourrait pas les mettre ailleurs ces détecteurs de fumée ?
Il m'a dévisagé comme si j'étais fou.

10

Je suis sur le point de rentrer chez moi
et tu arrives aux urgences :
on me dit que tu t'appelles Lucrezia, que tu t'es tailladé le cou.
Tu as le sourire moqueur d'une fille de vingt ans.

Je te demande de montrer tes bras. Tu t'écartes.
Je dois te distraire et jouer comme avec une enfant pour examiner tes bras
et puis, avec les infirmiers, ton corps adolescent,
tandis que, vexée, tu tapes des pieds et tu craches.
Trente nouvelles entailles aujourd'hui, certaines sont profondes.
Mais t'es bête ? Je m'écrie.
Tu sors la langue, me plantes quatre ongles dans
la chair vive
et ne me lâches plus.

11

Pour arracher tes ongles de mon bras,
je dois serrer fort ta main et la tirer dans la bonne direction.

Hospitalisation, je te dis. Je ne veux pas. Un SSC[1].
Il faut juste demander l'autorisation à la mairie et en parler au juge des tutelles : dans une heure tu es dans le filet, petit poisson.

1. Soin sans consentement.

Un collègue des urgences surgit :
hé, médecin des fous,
prends cette fille chez toi en psychiatrie. Je ne veux pas de fous qui se promènent aux urgences !
J'appelle mon service et on me dit : pas de place !
Ta mère arrive, diaphane : s'il vous plaît, il faut que vous la gardiez !
Ton père arrive, ivre : avec moi à la maison !
Le médecin de garde débarque à nouveau : Milone, débarrasse-moi de cette fille !

Je ne bronche pas, tous les jours c'est pareil.
Lucrezia, je cherche juste tes yeux : ils me paraissent,
pendant un moment, les plus raisonnables de tous, tu observes, attentive : hé, psychiatre, t'es dans le pétrin !

12

Anna, ne me demande pas pourquoi le soir j'ai l'air épuisé.
Ce n'est pas la folie qui fait ça.
La folie est un jardin où j'abreuve mes chevaux fatigués, je dénoue mes chaussures, je m'assois à l'ombre,
et je laisse reposer mon regard là-bas sur les collines.
Ne me demande pas pourquoi le soir mes mots sont confus :
ce n'est pas la folie.

13

Dès que j'entre dans le Service 77, traînant Lucrezia avec moi,
l'infirmier me barre le chemin :
pourquoi tu l'admets, si elle n'est pas d'accord ?
Si, elle est d'accord.
Mais tu la traînes !
Elle m'a harponné avec ses ongles et ne lâchait pas,
ce n'est pas assez clair ?
L'infirmier me fixe, écarquillant ses yeux incrédules.

En psychiatrie d'urgence, pour comprendre le patient, il faut engager un corps-à-corps.
Le patient de mon corps-à-corps à moi, c'est moi qui le connais, pas toi.

14

Arrivée dans le service,
Lucrezia se barricade dans le couloir dos au mur
et se met à crier sans arrêt : je veux rentrer chez moi !
Je murmure aux infirmiers : il faut l'attacher, ou elle va se faire du mal.
Non, proteste Massimo, une double injection et elle va s'endormir.
Pas possible, je proteste à mon tour, sa tension artérielle est trop basse, elle pourrait s'effondrer.
Alors on appelle le chef de service.

Pourquoi l'avez-vous hospitalisée ? Il ne fallait pas !
Pas de SSC dans mon service !
Pas de contention dans mon service !
Si elle ne prend pas les médicaments, vous restez à ses côtés toute la nuit jusqu'à ce qu'elle s'endorme.

Lucrezia passe la nuit à se promener dans les couloirs, elle hurle et elle réveille tout le monde,
un infirmier la suit en soupirant,
puis à trois heures le tour de magie :
elle sort une lame de nulle part et se coupe les mollets,
la seule partie du corps épargnée jusque-là.

15

Si tu n'as jamais éprouvé la douleur psychiatrique,
ne dis pas que ça n'existe pas.
Remercie Dieu et tais-toi.

16

Certains matins, le Service 77 ressemble à un train des années cinquante sur la ligne Naples-Turin :
hommes et femmes entassés entre valises en carton, chaussures défoncées, fiasques de vin, mauvaises odeurs et humeurs diverses et variées, passent des cigarettes, des mouchoirs, du pain, regards perdus dans les souvenirs ou effrayés par l'avenir.
Une question muette, un geste, un frôlement, les cheveux se détachent, les nez se mouchent, on dort, on

pleure, on regarde dans le vide, on pense au destin le visage tourné vers la vitre.
Les arbres courent dans le vent. Le train ferraille.
Pourquoi suis-je là ?
Moi, qui passe entre cette mère de quatre enfants et cet homme mal rasé
qui se gratte une blessure avec sa main de mineur,
moi, qui ne sais rien.
Et je serais le contrôleur qui demande :
billets, s'il vous plaît ?

17

Certains pensent que l'hospitalisation en psychiatrie est la pire chose qui soit. Parfois la vie est encore plus terrible que ça.
Les animaux blessés se cachent dans une tanière et lèchent leurs blessures :
le service de psychiatrie est une tanière.

18

Ennio, à Noël et à Pâques tu te sens seul et tu viens dans le Service 77.
Parmi les fous tu te sens chez toi, plus que chez toi.
Une fois les fêtes terminées, tu t'en vas.
Ennio, ce qui t'arrive à Noël et à Pâques, cela m'arrive tous les jours.

19

Emilio, tu es comme un enfant qui dévale une pente à vélo et ne sait pas utiliser le frein.
Pour t'arrêter, tu dois te cogner contre quelque chose : un mari en colère, la police, une carte bleue bloquée.
Ceux qui t'aiment espèrent que tu te cogneras vite, pour que tu aies moins mal.
Quand je t'ai connu, tu venais d'atterrir sur une plage en voiture, juste face à la mer
et tu riais de la peur des baigneurs que tu avais évités de justesse.
Ta femme est arrivée aux urgences, elle s'est mise à pleurer et répétait : enfin ! Enfin ! La porte du service est-elle fermée à clé ?
Oui.
Dieu merci.
Puis ta fille est arrivée : enfin ! La porte du service
est-elle fermée à clé ?
Oui.
Dieu merci. Enfin.

Six mois plus tard, tu gares ta Porsche sur le trottoir,
tu déposes une blonde au café,
tu montes en courant dans mon cabinet, on dirait un jeune homme.
Tu ajustes ton foulard en soie bleu clair autour du cou.
Deux fausses notes : le foulard est manifestement
taché de gras et une des branches de tes lunettes est fixée avec du Scotch.

20

En travaillant au Service 77, avec le temps, on s'habitue à toutes les aberrations.
L'odeur de pieds et d'urine, les carreaux cassés, les portes défoncées, les cris, les malédictions,
les médecins et les infirmiers qui se bousculent en se tutoyant, les patients liés au lit.
Pour les patients qui arrivent, en revanche, il n'y a que des premières fois.
C'est pour ça qu'ils nous fixent, quoi qu'on fasse, avec stupeur, les yeux grands ouverts.

21

Filippo, tu ne trouves pas les mots pour exprimer ce qui t'arrive
et tu me regardes plein de rage, d'espoir et de contrariété,
je ne trouve pas les mots pour m'expliquer ce qui t'arrive,
je ne trouve pas les mots pour te rassurer.
Filippo, sincèrement,
tu es ici, je suis ici,
on s'en sort très bien.

22

Lucrezia, ce discours que tu me refourgues sur ta souffrance,
c'est un discours d'occasion,
acheté au marché aux puces de la salle d'attente pour deux sous

et tu voudrais me le revendre !
Tu ne m'auras pas. Je n'achète pas.

23

Lucrezia, tu continues de jouer à cache-cache avec les lames de rasoir.
J'en ai trouvé une sous ton sein.
Une autre que tu cachais dans ta culotte.
La troisième était dans ta bouche – trop facile.
Les jeux sont faits, j'ai gagné ! Je peux rentrer chez moi, je suis déjà en retard.

Pourquoi ce sourire de petite maline ? Montre-moi tes chaussures ! Je le savais : un pack de quatre.
Tu souris encore.
Les cheveux. Fais voir tes cheveux. Rien. T'en as encore beaucoup ? Tu les as cachées où ?
Je jouerais volontiers à cache-cache avec des cigarettes, des briquets, de l'alcool, des pétards, de l'héroïne et de la cocaïne aussi, mais je déteste jouer à cache-cache avec des lames de rasoir.
Lucrezia, tu as gagné, mais dis-moi : où sont-elles ?

24

Quand j'étais jeune c'était plus fort que moi : si j'entendais crier dans le service, je devais vite aller voir.

Les vieux infirmiers ne bougeaient pas d'un pouce, mais moi je ne pouvais pas m'en empêcher. Mes jambes bougeaient toutes seules.
Les infirmiers se taisaient et me lançaient un regard désapprobateur.
Je sortais de la cuisine et je faisais un tour dans les couloirs : tout le monde était calme.
Qui est-ce qui crie ? je demandais. Aucune réponse.
Perplexe, je retournais chez les infirmiers qui faisaient comme si de rien n'était.
Encore un cri.
J'essayais de ne pas bouger, mais c'était comme si j'avais eu un enfant en bas âge qui pleurait à côté. Je me tortillais sur ma chaise.
Vite une inspection dans le service.
À la quatrième fois, les infirmiers communiquaient avec les yeux : qui sait si ce garçon arrivera
à être psychiatre.

25

Danilo, tu mesures deux mètres et tu pèses cent dix kilos.
Tu es un jeune schizophrène, au caractère très
affectueux.
L'autre jour, tu es entré dans la pièce où je remplissais un dossier.
J'ai commis l'erreur de te tourner le dos :
Milone, tu sais que je t'aime bien ? Mais vraiment bien ?
Deux côtes fracturées.
Danilo, heureusement que tu m'aimes bien.

26

Parfois je voudrais rester seul, en tête-à-tête avec la folie,
sans que tout ce monde tourbillonne autour de moi, si bruyant et agité.
C'est un désir dangereux.

27

Un Minotaure rôde aux urgences.
Nerveux, il regarde autour de lui, hume l'air, pointe ses cornes dans toutes les directions.
Il souffle du naseau quand il passe devant l'autel sacrificiel.
Brille son poil fauve.
Monte l'odeur de la forêt.
Un gémissement profond sort de sa large poitrine.

Moi, derrière le rideau, j'ai ceint mon front de laurier,
je me suis lavé les mains à l'eau pure,
je les ai essuyées lentement.
J'y vais.

28

La psychiatrie, c'est des cris et des pleurs muets.

Autrefois dans les services, les patients hurlaient sans arrêt, durant des années. Maintenant ils crient le premier jour, un peu le deuxième, le troisième ils se taisent.

Les médicaments – bénis soient-ils – ont plongé le monde dans le silence.

Il suffirait d'ôter les médicaments et ça recommencerait : du cœur de l'homme remonteraient des cris et des pleurs muets.

29

Quand un paysan montre un produit de son jardin
il tend son bâton pour le désigner.
Lorsque, étudiant, pour la première fois, j'ai suivi un psychiatre chevronné aux urgences,
il s'est arrêté à quatre mètres du patient pour l'interroger à travers la porte.
Il y a deux types de psychiatrie, celle du long bâton et celle du bâton court.

Le vaste monde de la psychiatrie s'ouvre grand quand on s'approche à deux mètres du patient.
Si on s'approche à un mètre, ça devient fantasmagorique.
Si on s'approche davantage, ça devient un enfer.

30

Si je vois quelqu'un qui bascule,
je tends ma main pour l'empêcher de tomber
et tandis que je le tiens, je lui demande ce qu'il voit.
Je suis un lâche
contemplant l'abîme avec les yeux des autres.

31

Giulia, sors vite de cette chambre.
Ça fait deux heures que tu parles seule avec Lucrezia.
Je m'en suis aperçu trop tard : le lait bouillant débordait déjà de la casserole.
Tu es jeune interne en psychologie, tu ne peux pas discuter pendant deux heures avec une psychotique.
Avec elle, pendant deux heures, tu peux jouer aux cartes, au ballon, faire du jardinage, te promener, regarder la télé, mais tu ne peux pas tout simplement parler.
Au bout d'une heure, c'est à devenir fou.
Regarde-toi, on dirait une camée.
Va te rincer le visage, appelle une amie
et sors prendre l'air.
Ne recommence pas.
Et puis il y a cette garce de Lucrezia avec son sourire sournois.

32

Ce matin, en arrivant dans le Service 77, j'ai vu un policier en uniforme dans le couloir,
ça signifie qu'il y a un patient sous surveillance.
C'est un détenu, amené dans la nuit de la prison de Marassi parce que trop agressif. Il est lié au lit, souffle comme une locomotive, il est recouvert de tatouages et de coupures.
Je me déplace selon mon habitude, tranquillement, comme s'il était absolument naturel d'être là.

Une fois dans la cuisine je pense : mais je travaille où ?
Ici on récupère des gens que même la prison ne sait pas garder.

Mais on est quoi, nous ? Le marteau de Dieu ?

33

Giulia, tu es trop belle pour être une psychologue,
comment quelqu'un peut-il parler avec toi de ses désirs, si, rien qu'à te regarder, il est saisi d'un nouveau désir tellement puissant que l'esprit et le pas vacillent ?
En te regardant, qui se souvient encore de ses désirs passés ?

34

Aujourd'hui est arrivé un jeune médecin, résident en psychiatrie. Il était attendu.
Pendant un an, il sera interne dans le Service 77.
Je l'ai vu venir vers moi, et j'ai pensé : c'est fichu.
Qu'est-ce qu'il est jeune et audacieux.
Avec Giulia, je suis fichu.

La jeunesse est un aimant, les jeunes restent toujours entre eux.
Des jeunes femmes magnifiques accompagnent des jeunes hommes insignifiants, qui n'ont ni argent ni travail, qui sont grossiers, maladroits, empotés,
qui ne savent même pas parler,

qui n'ont rien d'autre que l'avenir.
Des tonnes, des kilomètres, des millénaires d'avenir.

Entre-temps, ce type a fait trois pas, il est devant moi
et il se présente : je m'appelle Marcello.
Je serre la main à ma défaite.

35

Et ça vaut pour toi aussi, Margherita, ma fille :
pour grandir, apprends à m'envoyer au diable.
Mais n'apprends pas trop vite.

36

J'entre dans la salle des médecins et je présente Marcello aux collègues.

Rufo, élégant et parfumé, tient un noble discours sur la dignité de la psychiatrie,
sur la responsabilité du médecin et la nature sacrée de l'alliance thérapeutique.
Dès qu'il a terminé, il s'essuie les lèvres avec un mouchoir immaculé
et je murmure à Marcello : ne lui fais pas confiance.

Edoardo, mal habillé et perdu, tient un discours critique sur la psychiatrie, se plaint des patients,
il suggère en bafouillant de changer de spécialité parce que ici les satisfactions sont rares.

On comprend qu'il a fini quand il arrête de parler et regarde par la fenêtre, je murmure à Marcello :
tu peux lui faire confiance.

37

Rufo, à te voir te déplacer avec tes trois sacoches de médecin toujours pleines, on dirait à chaque fois que tu déménages.
Tu demandes aux personnes que tu croises de t'aider à les porter.
Mais qu'est-ce que tu trimballes là-dedans ?
Lunettes, ordonnanciers, manuels de pharmacologie, trois portables, un tensiomètre, un marteau à réflexes, un ophtalmoscope, des grosses seringues, des compresses, de la gaze, des clystères,
si je regarde bien je trouve aussi un forceps et des petits pots en verre pour les sangsues.
Rufo, le seul instrument que tu sais utiliser
est le tensiomètre,
débarrasse-toi du poids inutile.
Ce métier, même à poil tu peux l'exercer.

38

Bien sûr Edoardo comprend les bipolaires mieux que moi et il devine toutes leurs ruses et leurs mascarades.
Enfant déjà il savait ce que ça fait de :
se réveiller, prendre le petit déjeuner et nouer ses lacets tout seul tandis que maman dort,

être oublié à l'école, rentrer seul et attendre des heures sous la pluie que quelqu'un ouvre la porte, ne pas manger le soir parce que personne n'a cuisiné, parler avec une femme qui passe du rire aux larmes au cours de la même phrase, être obligé d'aller à la messe du dimanche habillé en jaune,
entendre chanter des airs d'opéra toute la nuit,
croiser à la maison des étrangers qui sortent de la chambre de sa mère,
voir son père immobile toute la soirée
assis la tête entre les mains.
Edoardo a au moins vingt ans d'avance sur moi quand il s'agit de comprendre les bipolaires.

Et quand le chef de service clame en réunion que la folie n'existe pas,
Edoardo se lève et il s'en va.

39

Je suis ici en réanimation pour voir une femme qui s'est jetée du cinquième étage.
J'essaie de la rejoindre quelque part.
Je ne sais pas encore où, comment, ni quand.

Rufo, je pense que ce matin,
je vais plus loin que toi qui t'envoles pour Prague.

40

Giulia, à chaque fois que tu souffres dans la vie, tu apprends quelque chose, quelque chose que d'autres ont éprouvé avant et que d'autres encore éprouveront plus tard.
Ce qui est bien dans ce métier c'est que toutes nos expériences, aussi moches ou indicibles et minables qu'elles soient, tôt ou tard nous seront utiles.
Pour le psychiatre, tout est bon dans la vie, comme dans le cochon.

41

Pour devenir psychiatre pas besoin d'être recommandé par le notaire, le curé, le maire adjoint.
Pour devenir psychiatre pas besoin d'être intelligent, sensible, d'avoir du talent.
Pour devenir psychiatre il faut avoir un parent, un grand-parent un peu fou, rien qu'un petit peu,
et l'aimer suffisamment.
Les fous sont nos frères. La différence entre eux et nous ne tient qu'à un coup de dés réussi
– le dernier après un million de coups tous pareils –
c'est pour ça que nous sommes du bon côté du bureau.

42

Carmelo, admis dans la nuit au Service 77,
tu viens te plaindre à moi parce que sur vingt lits

il y en a dix qui sont occupés par des Marocains,
des Sénégalais, des Équatoriens, des Philippins et des Sri-Lankais.
D'une voix grave tu remarques que cela n'est pas l'environnement auquel on s'attend
lorsqu'on est admis comme toi pour soigner une profonde souffrance.
Après, tu t'éloignes en boitant, l'air sévère de l'homme qui vient de faire ce qui est juste.
Carmelo, n'est-ce pas toi qui t'es fait interner pour échapper à la police ?
Si, acquiesces-tu vigoureusement, mais je suis né et j'ai grandi dans le quartier du Mole.
Ah, un aristocrate.

43

Viens avec moi aux urgences, Marcello.
Comme ça je comprendrai qui tu es, me dis-je.

On trouve trois patients installés dans trois chambres voisines.
Le premier tremble de la tête aux pieds. Qu'est-ce qui se passe ? je demande. Il ne répond pas. Il ne me regarde même pas.
Je pose ma main sur son épaule et le tremblement se transmet à mon bras.
Le deuxième est raide comme un bout de bois.
Il ne parle pas.
Je le touche et il essaye de bouger ses mains, il m'attrape par les épaules et me bouscule bien comme il faut.

Le troisième est immobile, mais son corps est détendu.
Il est silencieux. Je m'assieds devant lui.
Il soupire. Je soupire. Il secoue la tête, je secoue la tête.
Je tousse, il tousse.

La douleur d'urgence est impossible à dire avec les mots,
le corps l'exprime : on peut discuter avec le patient
au bout de trois, quatre jours.

Marcello comprend immédiatement.
Quand on sort, il affirme :
la psychiatrie d'urgence est une danse !
Et il rit : qui veut danser avec moi ?
Toutes les jeunes infirmières se retournent et,
qui verbalement, qui en souriant, répondent : moi !
Elles ne baissent même pas le regard.

44

Je fais un compliment à Gaia, une infirmière. Et elle me
dit : Milone, s'il vous plaît, pas vous, qui êtes si naïf.
Naïf, et pourquoi ?
Parce que vous êtes le seul à ne pas avoir une histoire au
travail, tout le monde le sait, un grand naïf.
Gaia, je me rends compte en quelques jours des relations
sentimentales qui se nouent ici, je vois, malgré moi,
les disputes, les séparations, les réconciliations.
Ça vaut pour toi aussi, Gaia.
Il y a quelque temps, j'ai vécu pendant un an et demi
avec une infirmière de ce service, et personne ne l'a
jamais su. Tu parles d'un naïf.

Après j'ai été vraiment naïf, car cette infirmière,
je l'ai épousée.

45

Depuis la nuit des temps, il arrive que les infirmiers profitent du métier des patients pour obtenir des faveurs, des réductions, des avantages :
si le patient est marchand de légumes, ils auront des légumes frais, s'il vend du vin, une dame-jeanne sera livrée chez eux, s'il est avocat, ils demanderont un avis juridique, s'il est agent de circulation, leurs amendes seront annulées.
Mais que dire de Mario qui, lorsque Gloria, la pute, est admise chez nous, s'en va la voir dans son réduit le jour d'après ?

46

Quand on se rapproche du Service 77,
on est comme les pêcheurs qui vont à la mer :
avant de s'embarquer et de prendre le large,
on se renseigne sur la météo.
Calme plat, mer houleuse, très houleuse, agitée.
Tempête en vue.
Sur le seuil on s'arrête et on enfile nos cirés dans le vent.

II

La pièce à la glycine

1

J'ai trouvé ma pièce magique.
C'est une pièce privée, je suis le seul à avoir la clé.

2

La pièce n'est ni trop chaude ni trop froide, elle n'est ni trop près ni trop loin,
l'ouvrir, à l'ombre de la glycine, n'est ni trop facile ni trop difficile.
Dans cette pièce, à l'écart,
nous ne sommes pas dans le monde,
mais pas en dehors du monde non plus.
Je pense qu'elle sera bien pour toi, Gina.
Tu te tais. Plus silencieuse que l'éclairage grésillant et le radiateur qui sanglote.

Je me demande si tu viens ici depuis trois mois juste pour le sourire que tu as entrevu la première fois,
quand tu es arrivée comme une lente rafale,
et que tu as levé ton regard sur moi.

Tu ne veux rien de plus que ce sourire, Gina ?
Tu vas t'en contenter à jamais ?
D'ailleurs moi aussi je suis là juste pour le sourire que j'ai entrevu la première fois, quand tu es arrivée comme une lente rafale,
Et que tu as levé ton regard sur moi.

Qu'est-ce qu'on s'est dit à cet instant, qu'est-ce qu'on s'est promis, pour se contenter maintenant de ce silence ?

3

Dans mes créneaux horaires,
je donne aux gens des rendez-vous secrets,
je les fais mettre à l'aise,
dans la pénombre,
nous nous disons des choses intimes,
ça les réconforte,
ils rentrent chez eux plus contents
et quand ils parlent à leur conjoint, ils pensent à moi.
Sara, toi qui arpentes les ruelles, je pense que mon travail et le tien appartiennent à la même famille.

4

Ne me dis pas des mots inédits, modernes,
ce sont des nouveau-nés,
ils marchent à quatre pattes, se glissent partout
et tu les retrouves là où ils ne devraient pas être.

Ne me dis pas des vieux mots érudits, importants,
ils semblent signifier Dieu sait quoi mais après ils n'expriment rien du tout.
Ne me dis pas les mots d'un autre, à peine entendus et appris sur le tas,
ça me distrait et je regarde par la fenêtre
intéressé davantage par le coassement des grenouilles.
Ne me dis pas d'autres mots que les tiens.
Je vais les accueillir comme de chers invités
en retard à une soirée,
secouer la pluie de leurs habits, ranger leurs parapluies
et ils s'installeront dans le salon.

5

Enrica, tu t'excuses quand tu entres et quand tu sors,
tu t'excuses quand tu parles et quand tu te tais,
tu t'excuses quand tu rends un service et quand on te marche sur les pieds,
tu t'excuses de respirer, pour l'espace que tu prends,
parce que tu vis.
Enrica, qu'as-tu fait de si grave ?

6

Monsieur F, je ne te connais pas, tu m'appelles pour prendre rendez-vous en urgence, tu affirmes que c'est une question de vie ou de mort, puis tu ne viens pas ;
tu me rappelles pour un deuxième rendez-vous urgent,
tu répètes que c'est une question de vie ou de mort,

et à nouveau, tu ne viens pas.
Tu me rappelles, je te dis : ça suffit, adressez-vous à quelqu'un d'autre.
Je suis désolé. Je ne saurai jamais quelle est ta question de vie ou de mort, monsieur F.

7

Gina, on est tous les deux muets, l'un en face de l'autre.
Dans le silence de la pièce, mon intestin commence à jacasser. Le tien répond d'une voix aiguë et finit sur un ton d'interrogation.
Je n'ai pas compris la question, mais voilà que mon intestin répond, avec une variation de ton qui va du très aigu au grave et, pour terminer, il insiste sur un point.
Le tien est d'accord.
Aujourd'hui, Gina, nos entrailles s'entendent mieux que nous.

8

Tu m'as dit : Quand tu parles, Paolo, je ne te comprends pas. Pour moi deux plus deux font quatre, dans ton monde en revanche ça peut faire cinq et même six.
On s'est quittés à cause de cette guerre des chiffres.

Après vingt ans, par hasard, on se croise dans la rue.
Tu es toujours très belle. Il a suffi d'un regard :
tu voulais me dire que tu avais compris que deux plus deux peuvent faire cinq, et même six,

je voulais te répondre que j'avais compris pourquoi deux
plus deux ne peuvent faire que quatre, toujours.

9

Laura, tu viens me voir juste pour me dire que
tu ne veux pas venir,
que c'est la dernière fois que tu viens.
Tu viens toujours, la plus ponctuelle de tous mes patients.
Tu viens toujours me dire que tu ne viendras jamais.

10

La pièce à la glycine est tranquille.
J'entends l'arbre du jardin secoué par le vent
j'entends un chien qui aboie, un autre lui répond
j'entends le grincement du funiculaire de Righi, au loin
sur la colline
j'entends des femmes qui saluent aux fenêtres.

Léger, doucement
j'entends le voisin du dessus ouvrir le robinet de
la douche – à cette heure-ci ?
J'entends un téléphone qui sonne – où ?

Léger, doucement
j'entends le bourdonnement de l'aération qui tourne
dans la pièce et le claquement obstiné du rideau contre
les vitres.

Dans ma mémoire j'entends le crépitement scintillant
de la flamme dans la cheminée
tandis que les corbeaux croassent dans l'hiver blanc,
et les cris des enfants à la mer dans la lumière de l'été.
Puis je te regarde, Gina, silencieuse devant moi

la seule chose que je n'entends pas, c'est ta voix.

11

Emilio, tu es sûr de toi plus que jamais.
Si je te demande comment tu vas, tu me réponds : très bien.

Aujourd'hui, Emilio, tu m'as crié dessus :
mais quelle race de médecin êtes-vous ?
Si je vous dis que je vais bien vous vous inquiétez et vous augmentez mes médicaments.
Si je vous dis que je vais mal, vous êtes content et vous diminuez les médicaments.
Quelle race de médecin êtes-vous ?

12

Lucrezia, depuis une semaine tu m'appelles quatre fois par jour, tu me laisses un mot trois fois par jour, tu frappes à ma porte deux fois par jour,
me demandant de certifier en urgence par écrit que tu es absolument saine d'esprit.

Lucrezia, c'est l'insistance de ta demande qui ne me permet pas de le faire.

13

Luciano, à chaque rencontre tu veux que je te le confirme, moi aussi j'ai été dépressif,
sinon tu n'es pas rassuré, tu ne parles pas, tu ne m'écoutes pas et tu me regardes avec suspicion.
Oui, Luciano, je peux te comprendre :
j'ai été dépressif moi aussi.

Mais je me demande : j'accompagne des schizophrènes, des anorexiques, des toxicos, des obsédés sexuels,
des suicidaires, des meurtriers.
Comment faire ?

14

Chiara, en ce moment tu ne travailles pas
et tu en as honte
et tu as peur que les voisins s'en aperçoivent.
C'est pour ça que le matin tu fais semblant de ne pas être chez toi, tu te déplaces délicatement en pantoufles, tu n'ouvres pas les fenêtres,
tu n'allumes pas la radio, ni la télé.
Dans l'immeuble on entend les enfants crier,
une femme au foyer qui parle, un homme âgé au téléphone,
un étudiant en retard qui salue dans l'escalier.

Tu manges sans heurter les couverts et tu laisses les assiettes dans l'évier.
Après, l'après-midi est long en compagnie du tic-tac de l'horloge.
Tu attends.

À dix-sept heures, les ascenseurs reprennent leur mouvement, les portes claquent à nouveau, les chiens aboient, l'immeuble se repeuple. Tes enfants reviennent de l'école.
C'est l'heure de décrocher.
Aujourd'hui aussi tu as travaillé.

15

Marcello, tu rencontres Emilio au café
et il t'offre un apéritif.
Tu veux un conseil ? L'apéritif tu peux l'accepter, mais tu ferais mieux de ne pas monter dans sa Porsche blanche : il roule à cent cinquante sur la voie Aurélienne ;
c'est pareil pour le business, tu ferais mieux de ne pas reprendre avec lui cet hôtel en Afrique du Sud : ce n'est pas son argent ;
ne crois pas que ce week-end vous irez à Portofino sur son voilier : au port il s'occupe de nettoyage ;
et ne le suis pas lorsqu'il va courtiser ces deux femmes au bout de la salle : il fait le coq, mais à chaque fois il doit les payer.
Tu vois, déjà, c'est à toi de régler la consommation.
Marcello, avec Emilio tu ne peux faire qu'une chose :
lui suggérer la thérapie antimaniaque.

16

Lucrezia, depuis trois mois
tu m'appelles trois fois par jour,
pour être sûre que je suis vivant.
Lucrezia, continue comme ça et tu vas me tuer.

17

Lucrezia, tu m'appelles à minuit
car tu as des angoisses nocturnes.
Lucrezia, tes angoisses nocturnes m'empêchent de dormir.

18

Lucrezia, tu m'appelles à deux heures du matin
pour me dire que tu crains de te jeter par la fenêtre.
Dans l'agitation, ma femme se réveille : c'est de ta faute,
tu es trop faible !
Je suis pris entre deux feux.
Lucrezia sait que ma femme se met en colère
et elle bat en retraite.

19

Lucrezia, depuis trois mois
tu m'appelles trois fois par jour,
pour être sûre que tu es vivante.
Lucrezia, là c'est moi qui vais te tuer.

20

Je dîne chez des amis, le vin est bon,
le fils me demande quel est mon métier.
J'explique : je suis une espèce de pompier.
J'interviens quand une personne va tellement mal qu'elle ne sait plus comment elle s'appelle.
Elle va tellement mal qu'elle ne sait pas dire d'où elle vient, ni raconter ce qui s'est passé.
Elle va tellement mal qu'elle ne comprend pas où elle se trouve.
Ces gens perdus, comme dans un incendie ou en pleine mer, je vais les chercher.
Et comment tu fais ?
J'avise.

Comment ça ? Vous n'avez pas de protocoles en psychiatrie ? le père demande depuis la cuisine.
Si, mais le patient veut quelqu'un qui s'étonne,
quelqu'un qui s'émeut,
quelqu'un qui ramasse sa merde et relève le visage
en riant,
quelqu'un qui s'emmêle, qui s'enfuie, qui porte la main sur lui.
Il te cherche toi, a besoin de toi, se fiche des protocoles. Il cherche le médecin et non la médecine.
Maintenant la frimousse de Marco me sourit, pleine d'admiration.

Ce serait bien si c'était vrai.
La vérité est que le plus souvent les personnes se soignent seules, et celles qui viennent nous voir cherchent un

médicament plutôt qu'un médecin. Ils sont rares, Marco, ceux qui veulent jouer avec moi.

21

Les premières années je pensais qu'on conduisait la Vespa avec les bras, puis j'ai appris, comme tout le monde, qu'on utilise plutôt le cul.
On dirige tout simplement la selle vers le côté, à l'horizontale,
et la Vespa suit immédiatement le mouvement.
Au début, je pensais aussi que c'était la tête qui nous guidait dans la vie.

22

Je sais faire des choses que je ne sais pas dire.
D'autres savent dire des choses qu'ils ne savent pas faire.

23

Heureusement à seize heures Lucrezia arrive,
sans que je dise rien elle comprendra qu'aujourd'hui j'ai un coup de mou
et elle trouvera un truc pour me remonter le moral.
Il faut juste que j'attende jusqu'à seize heures.

24

Lucilla, lors de la première consultation tu pleures en sanglotant pendant une heure,
avec de grosses larmes qui te marquent les joues,
tu me racontes, l'un après l'autre, les pires malheurs qui peuvent affliger chaque être humain sur Terre et dès l'âge le plus tendre.
Après, pendant un mois entier tu ne viens pas aux rendez-vous, mais tu m'appelles chaque soir en pleurant.

Lucilla, tu ne remporteras pas le prix du cas le plus grave de ma vie après une seule rencontre,
il y a des gens qui y travaillent
avec des techniques pointues et raffinées
depuis des années.

25

Roberto, maître-nageur à Imperia, on t'a appris
à voir si quelqu'un se débat et appelle à l'aide,
à rejoindre au plus vite la personne en danger,
à la rassurer, à la calmer si elle se rebelle,
à la ramener jusqu'à la rive,
à la réanimer.

Roberto, maintenant que je suis dans cette pièce, au large,
que je bois de l'eau de mer,
me battant avec Filippo qui m'a attrapé et veut me faire plonger,
je pense qu'on t'a appris plus de choses qu'à moi.

26

Je ne sais pas pourquoi, mais au moins une fois dans la vie
les euphoriques doivent aller parler au pape.
On peut établir un diagnostic aussi grâce aux prélats que le sujet fréquente :
aucun euphorique ne va voir un prêtre, un évêque, un cardinal, qui sont en revanche très demandés par les hystériques, les angoissés, les dépressifs et les schizophrènes,
les euphoriques ne respectent pas la hiérarchie et
s'adressent directement au pape.
Les euphoriques parlent avec Dieu, ou agissent en Son nom :
le pape pour eux n'est rien d'autre qu'un collègue en bonne santé.

Ils partent des quatre coins du monde, en groupes, en bandes, en meutes,
et se dirigent à Rome par tous les moyens de transport possibles.
La plupart se perdent en chemin : sont hospitalisés, se font dépouiller, montent dans le mauvais train, descendent à la mauvaise gare, percutent un arbre, glissent dans un fossé, oublient la raison du voyage, tombent amoureux, prennent une cuite ; bien d'autres se perdent à Rome, ou ils s'arrêtent devant la colonnade, tardivement effrayés par Dieu.
Un des miens est parti la nuit avec sa Ferrari, et en moins de trois heures il était sur la piazza San Pietro : Dieu a

dû poser sa main sur le capot de la voiture qui roulait sur l'autoroute.
Un autre est parti à vélo la nuit,
va savoir pourquoi toujours la nuit – ce sont des impulsions, et il s'est retrouvé sous la grande Coupole au bout de trois jours de pédalage, heureux,
le vélo tenu à la main, tout sale de caca et de pipi.

De mon côté, les rares fois où je vais à Rome et que je me retrouve sur la piazza San Pietro, je regarde autour de moi pour les apercevoir et j'imagine
les Gardes suisses, désormais habitués :
arrêtez-vous, où allez-vous comme ça ?
Je vais conseiller le pape.

27

Ines, tu vis seule. Quand tu éteins la lumière le soir, tu penses : c'est peut-être cette nuit.
Alors, avant de te coucher, tu dois fermer le sac poubelle, faire la vaisselle, ranger les vêtements et la maison : si ça devait arriver, tu ne voudrais pas passer pour une femme désordonnée.
Tu prends soin de mettre deux chaussettes identiques et sans trous, une culotte pas trop usée et un tee-shirt propre.
Alors seulement tu peux éteindre la lumière et essayer de dormir.

28

Arianna, quand je t'ai accueillie sur le pas de la porte du cabinet, je t'ai souri.
À cause de ce sourire tu as pensé que je t'aimais et qu'on se marierait, qu'on ferait l'amour et qu'on aurait un enfant, puis qu'on commencerait à se disputer, qu'on se tromperait, qu'on irait voir des avocats.
Arianna, tu viens à peine de t'asseoir, pour la première fois, dans le petit fauteuil, mais entre nous
tout est déjà fini.

29

Giulia, essaie de dire « je vais bien » avec des intonations différentes, le sens devient tour à tour :
je vais bien, je vais mal, je ne sais pas comment je vais, ça ne te regarde pas, je te hais, je t'aime.
Et maintenant, essaie de dire « je vais mal ».

30

Pina, tu es une petite vieille et tu vis seule. Tu es enfermée chez toi depuis deux semaines, délirante et hallucinée, en pleine poussée psychotique. Des voisines prennent soin de toi, mais l'une n'est pas à Gênes, l'autre est à l'hôpital.
C'est le mois d'août, si on te laisse tu risques de ne pas tenir jusqu'en septembre. Nous venons chez toi pour t'emmener à l'hôpital.

Tu ne veux pas venir, mais tu ne peux rien contre deux hommes adultes.

On est tellement sûrs de nous qu'on n'appelle même pas l'ambulance et on te fait monter dans la voiture de service, une Panda blanche comme tant d'autres.
Installée sur le siège arrière, tu marmonnes des injures et des malédictions.
Voilà que nous nous arrêtons au feu et un véhicule des gendarmes se met à côté de nous, les fenêtres ouvertes,
et toi, ingrate, tu hurles : ils me kidnappent, à l'aide !
Le gendarme ordonne : garez-vous et coupez le moteur.
La circulation s'arrête.
Un des gendarmes descend : qu'est-ce qui se passe ici ?
Je suis médecin et j'accompagne cette dame à l'hôpital.
Je ne suis pas d'accord, dit-elle.
Vous êtes le fils de la dame ? Non. Le tuteur ? Non.
Avez-vous une autorisation pour un SSC ? Non.
Docteur, vous ne pouvez pas vous balader comme ça dans la ville avec des vieilles dames dans votre voiture.
Ça s'appelle un enlèvement. On fait comment ?

Je me donnerais un coup de poing sur la tête.

31

Je suis là, nu comme un ver
– ceux qui veulent peuvent viser droit au cœur.
Un coup, dans le mille.
Lucrezia, n'abuse pas.

32

Andrea, tu viens d'entrer dans mon cabinet.
Coup d'œil circulaire pour voir si je n'ai rien déplacé.
Tu n'as encore rien dit et rien fait.
Et pourtant, Andrea, je te casserais déjà la figure.

33

Nous sommes venus à cinq pour t'emmener à l'hôpital.
Tu as rempli de déchets l'appartement, le palier, l'escalier.
Tu ne nous laisses pas entrer, on doit défoncer la porte. On marche sur une couche de cinquante centimètres d'ordures.
Tu te barricades dans la salle de bains et tu ouvres les robinets en criant.
On force la porte de la salle de bains.
Luisa, tu pèses cent trente kilos, tu t'accroches aux montants, tu hurles et grognes comme un ours. C'est compliqué de te sortir de là.
Tu nous gifles, tu nous bouscules, tu nous griffes, il faut te donner un sédatif. On est cinq, mais à l'étroit on travaille à deux.
Tu te roules par terre, il nous faut une demi-heure pour te faire une injection.
Au bout de vingt minutes aucun effet, tu nous regardes, défiante.
Tu chantes et tu brailles sans arrêt, heureuse de notre désarroi.

Les voisins ouvrent les portes, on se dispute avec un homme qui veut te libérer, on le chasse à coups d'injures et il appelle un avocat et la police pour porter plainte.

Encore des efforts pour une deuxième injection. Rien.

Propos inutiles pendant une autre demi-heure.

On commence à s'énerver pour de bon, lentement tu cèdes.

On arrive à te traîner dans l'escalier et à te mettre dans la voiture, en présence du petit groupe bruyant de voisins et passants.

Une fois aux urgences tu jettes les civières contre les murs,

il faut être à six sur toi, et te lier au brancard.

Finalement, dans le Service 77, on peut lever la contention du brancard et on t'attache au lit,

là tu te contentes de nous cracher dessus et d'insulter et maudire nos mères et nos enfants.

Le jour suivant, je passe voir comment tu vas.

Tu me dis, en larmes : vous m'avez fait sortir de chez moi avec deux pantoufles différentes !

34

Lucrezia, je t'ai fait entrer dans la pièce à la glycine parce que je t'aime bien,

mais maintenant explique-moi : où est-il passé le petit soldat de plomb à cheval, celui de la bataille d'Austerlitz ?

Il était dans la vitrine et il a disparu.

Bien sûr que j'en ai plusieurs : je les collectionne.
Non, il n'était pas cassé : il était blessé, il lui manquait un bras exprès.
Il n'avait pas moins de valeur : il en avait plus.
Bien sûr que je ne peux pas le prouver : mais on connaît tous les deux le coupable.
Tu veux quelque chose qui m'appartient ? À la limite je te fais un cadeau, mais tu ne me voles pas.
Ce n'est pas un vol : un prêt ? Et tu fais quoi,
tu en prends soin et tu nourris son cheval ?

35

Gina, tu me vois et tu ne me vois pas,
tu m'écoutes et tu ne m'écoutes pas,
tu es là et tu n'es pas là.
Gina, pour toi, j'existe et je n'existe pas.
Cette pièce existe et elle n'existe pas,
le monde autour existe et n'existe pas.

À force d'être avec toi, petit à petit je commence aussi à regarder autour de moi, animé d'un doute :
heureusement, devant la fenêtre, il y a la grande et vieille glycine, plantée bien avant la construction du bâtiment, elle y est toujours,
avec ses belles feuilles vertes et ses larges fleurs lilas,
immobile et solide.

Tant qu'il y a la glycine, Gina, tu ne m'auras pas.

36

Cesare, arrête de donner des antidépresseurs à tous les Génois que tu rencontres.
C'est vrai, les Génois se plaignent tous, mais ils ne sont pas dépressifs. Toi qui viens de Rome,
tu dois apprendre le diagnostic différentiel.

Le *mugugno*[1] est une mélodie populaire
avec ses propres règles.
Un blues laïc, qui parle de la fatigue de l'homme
mais ne cherche pas de salut.
C'est un blues avare, car il dit : ça va mal, je ne peux rien te donner.
C'est un blues mensonger : quand un Génois se plaint de quelque chose
c'est qu'il a déjà la solution dans sa poche.
Se plaindre est une façon frugale de crier victoire.
Si un Génois va vraiment mal, il ne se plaint pas, il se tait.

La lamentation du dépressif est un unique refrain, réitéré, lourd.
Elle dit : ça n'a rien à voir avec toi, mais quelque part c'est de ta faute.
Le *mugugno* est libératoire : on est ensemble contre quelqu'un, on est sur le même bateau.
C'est une musicalité différente, reconnaissable dès la première syllabe.

---

1. Expression génoise, provient d'une onomatopée, manifestation de mécontentement et de protestation. *Mugugnare* : ronchonner, marmonner.

Si on n'est pas de Gênes
et qu'on commence à chercher une issue au problème,
le Génois se replie.
Il voudra juste partir en silence.

37

Je n'entre pas la nuit à pas feutrés,
c'est eux qui viennent au grand jour.
Parfois, en dix minutes, j'ouvre le coffre-fort.
Je vole leur intimité, mais je n'en profite pas.
Je suis un gentleman cambrioleur.

38

Et après avoir écouté toute la semaine les problèmes des patients,
le dimanche je peux enfin écouter les problèmes de mes amis.

III

Lucrezia

1

Tu t'assieds et tu ne parles pas.
Tu sais qu'à l'hôpital je ne supporte pas le silence,
je n'arrive pas à me taire.
Pour me taire je m'enfonce les ongles dans la chair, je tape des pieds,
on dirait que je me retiens de faire pipi.
Je ne résiste pas, je craque et te demande :
eh bien, comment ça va ?
Tu ne dis rien, tu souris : tu as gagné.
Lucrezia, avec toi je perds toujours au jeu du silence.

2

Le soir, à cette heure-ci, j'ai l'air fatigué.
Terminé les sourires, les gémissements d'assentiment, les toussotements, les soupirs, les regards incrédules, les regards interrogatifs et enfin,
les plus difficiles, les regards étonnés.
J'ai même épuisé les sifflements d'admiration, les plissements de front, les froncements de sourcils, les clins d'œil et les langues tirées.

Il ne me reste que quelques bouts de sourire et un bâillement cabossé,
c'est peu de chose : je dois fermer boutique.
Lucrezia, reviens demain.

3

Dans le service, j'ai devant moi ce géant qui s'est taillé les veines et pleure son amour perdu, ses grosses larmes tombent sur mon bureau. Il veut s'en aller.

J'hésite entre le garder de force
– mais qu'est-ce qu'il est grand ! Comment je vais faire ? –
et le laisser partir.
Je ne sais pas quoi faire et je soupire.
Tu apparais devant la porte, Lucrezia, tu me fais signe des yeux et de la main pour que je le laisse partir.
J'obéis, serein.

Aujourd'hui sort un homme silencieux et tranquille, qui se tient devant la fenêtre, plongé dans le ciel de plomb du mois de novembre.
Sa fille est venue le chercher.
Adieux, politesses, un peu penauds.
Tu apparais, Lucrezia, devant la porte, et tu me dis non des yeux et du doigt.

Le jugement de Lucrezia est pour moi parole d'Évangile.

4

Tu me rencontres par hasard dans le plus grand centre commercial de la ville,
tu me regardes, sonnée.
Lucrezia, ce n'est pas la Sainte Vierge ou saint Joseph, c'est moi.
Qu'est-ce que vous faites ici ?
Je suis venu faire des courses, je te réponds, sans ébranler ta surprise.
Consternée, tu me regardes m'éloigner.

5

Cecilia, quand tu es arrivée aux urgences, tu portais des écouteurs
et tu dansais debout dans l'ambulance dans le silence qui régnait autour de toi :
les ambulanciers, par peur, n'ont pas coupé la musique.
Tu dansais aussi sur le brancard qui t'amenait au Service 77.
Quand tu es entrée – c'était la première fois –
on t'a demandé : qu'est-ce que tu écoutes ?
Du reggae !
Et nous, médecins et infirmiers, dans le silence,
on a commencé à danser.

6

Vendredi, friture de poisson.
Dimanche, *trenette al pesto accomodato.*
Mardi, raviolis sauce bolognaise.
Mercredi, rôti et pommes de terre.

Tous les jours sans exception, au Service 77, à l'heure des repas, ça sent bon.
Ce n'est pas pour les malades : on leur sert de la nourriture précuite venue de l'extérieur, sans odeur ; ici on a des arômes de haute cuisine, du fait maison, du fait à la main, qui crie : mangez-moi !
Les infirmiers préparent leur déjeuner ou leur dîner.
Tôt le matin ils arrivent avec les sacs du marché, rangent la viande au frigo, les légumes sur le plan de travail, posent les tresses de pain chaud,
placent le vin blanc au frais, le rouge dans le cagibi et les olives vertes et noires dans différentes tasses.
Au cours de la journée, entre une tâche et une autre, ils passent à la cuisine et nettoient les légumes, coupent les carottes, cuisent les œufs, tranchent le pain, tartinent le beurre.
Si on appelle un infirmier, il sort de la cuisine les mains enfarinées : il étalait la pâte des gnocchis.

7

Je circule dans le service sur la pointe des pieds, comme un chat en chasse.
J'intercepte un conciliabule entre Lucrezia et Carmelo.

De quoi parlent une jeune fille et un vieux toxicomane roublard ?
Ils parlent de la manière d'utiliser les lames de rasoir, et je comprends qu'ils en ont une toute prête pour la démonstration pratique.
Il faut la tenir comme ça, avec les deux doigts, non avec trois doigts de cette façon.
À l'hôpital on se coupe ainsi, en prison, comme ça.
Un cours magistral sur les lames de rasoir.

Je suis sur le point d'intervenir,
lorsque Carmelo lui demande où elle les cache,
et je m'arrête en dressant l'oreille.
Mais elle change de sujet : tu sais comment on fait le nœud pour se pendre ?
Là j'interviens.
Carmelo, t'arrêtes de détourner cette fille du droit chemin ?
Moi, doc ? C'est elle qui me détourne !
J'en étais sûr.

8

Lorsqu'on admet Lucrezia à l'hôpital, souvent on voit sa mère à l'extérieur du service.
Elle ne sonne pas pour entrer ni ne demande des nouvelles :
elle reste assise en silence, plongée en elle-même,
au bout d'une heure ou deux elle se lève et s'en va.
Elle m'a dit qu'une maladie mentale l'a tenue à l'écart de sa fille, dans des pièces blanches éclairées par des néons.

Quelque chose dans la tête, elle m'a dit.

Ses peurs l'ont distraite des peurs de Lucrezia, les doutes ont affaibli sa voix, son regard et ses gestes.

Depuis des années elle se tient à distance,

pour la protéger.

Quand elle a su que sa fille souffrait du même mal, elle n'a pas pu s'empêcher de se manifester, mais Lucrezia ne l'écoutait plus.

J'ai perdu la partie, elle lâche.

Et qui a élevé Lucrezia ?

Elle a été confiée aux grands-parents paternels, mais elle ne s'est jamais attachée à eux, ni eux à elle.

C'était la première de la classe, gentille, les parents de ses camarades l'invitaient pour faire les devoirs, et puis à dîner, et, son histoire connue, ils la gardaient même à dormir.

Il y avait trois ou quatre familles qui se la disputaient.

Après le lycée, quelque chose s'est cassé.

En quelques mois, ce n'était plus la même.

Maintenant elle vit chez des amis dans le centre historique, mais personne ne sait précisément avec qui, ni où.

Madame, puis-je vous demander qui vous soigne, vous ?

9

Le bien et le mal qu'on fait aux gens se reflètent et se propagent de mille manières

dans les familles, chez les amis et les connaissances

et, avec le temps, se transmettent même aux descendants.

Ne serait-ce qu'une chose infinitésimale, un mouvement atomique, une ombre, un frémissement, mais cela existe et se diffuse dans l'Univers.
Tu vois, Giulia, nous contribuons à améliorer
ou à détériorer l'Univers,
et pour ça, on a une responsabilité.

10

J'appelle le père de Lucrezia.
Je viens demain, il me dit. Il ne vient pas.
Trois coups de fil, trois prises de rendez-vous et trois lapins plus tard, il se pointe, ivre.
Il voit mon regard amer et murmure :
je n'ai pas toujours été comme ça.

Combien de fois j'ai proposé à Lucrezia de venir habiter avec moi…
Elle ne veut pas, je note.
Mais si seulement elle voulait…
Elle ne veut pas !

11

Alessandro, depuis que ta femme est morte à quatre-vingts ans
– tu as deux hivers de plus –
tu as préparé ta valise et tu l'as mise sous le lit.

Tous les matins tu ouvres les yeux
et tu t'étonnes d'être encore là.

12

Lucrezia en overdose aux urgences !
Le temps d'arriver en courant et déjà ils la rattrapent, de justesse, avec le produit intraveineux.
Idiote ! Mille fois idiote ! Il ne manquait plus que ça.
Qui te l'a donnée ? Tu restes muette.

La prochaine fois que je vois Carmelo, je lui écrase les couilles.

13

Marcello, ne donne pas un médicament tout récent à un patient que tu ne connais pas.
Comment peux-tu en évaluer les effets ?
Tu dois connaître au moins l'un des deux, le médicament ou le patient.
Tu protestes : Mais Rufo a donné trois nouveaux médicaments au nouveau patient !
Essaie de trouver la raison dans l'atlas : conférences de Vienne, Athènes et Madrid.

14

C'est triste, Lucrezia, de te trouver un jour en train de
te disputer à voix haute avec personne.
Avec quelle fougue tu t'insurges, tu répliques,
tu t'excuses, tu insultes.
Seule dans la chambre.
Tu es l'accusatrice qui injurie et menace
en tapant des pieds par terre, les cheveux en bataille,
ensuite tu es la victime qui ouvre les bras en pleurant
et en sanglotant.

Mais ça c'est mon travail, j'augmente tes médicaments.
Rassure-toi : je vais sortir le lance-flammes.

15

L'autre jour, je dînais chez des amis, la fille me dit :
Je ne comprends pas comment tu fais pour vivre. Il y a
tant de fous dans la ville ?
Regarde, je lui réponds, essayons de savoir combien il y
en a dans cet immeuble. Le nombre d'appartements ?
Vingt, elle affirme.
Bon, combien de fous tu connais ?
Juste le fou du troisième, qui parle tout seul.
On a donc un schizophrène, bien, maintenant dis-moi :
Aucun toxicomane ?
Si, au premier.
Et n'y aurait-il pas une fille trop maigre, décharnée ?
Giovanna, sur notre palier.

Et quelqu'un qui, soir et matin, est au café avec son verre de blanc ? Si, Giorgio, cinquième étage.
Un alcoolique ne pouvait pas manquer.
Alors dis-moi, n'y aurait-il pas aussi un monsieur au visage creusé
qui sort rarement, n'ouvre jamais la porte,
est très silencieux et ne s'aventure même pas sur son balcon recouvert de caca de pigeon ?
Silvio, au troisième. On a le paranoïaque.
Passons aux dépressifs. As-tu déjà entendu un voisin dire : nous n'irons pas à la mer, ma femme est au lit ? Oui, dernier étage.
Une seule dépressive ? Ça m'étonnerait.
Et pour finir, Alzheimer : tu ne vas pas me faire croire que dans tout l'immeuble il n'y a pas une vieille dame
qui raconte n'importe quoi et lance des objets par la fenêtre ?
À vrai dire, il y en a deux.
Tu vois, si ces personnes se soignaient, je pourrais vivre rien qu'avec cet immeuble.

16

Le tailleur voit tout le monde mal habillé,
le coiffeur, tout le monde décoiffé,
le chapelier voit tout le monde nu-tête,
le kiné, tout le monde boiteux,
et moi, psychiatre, je vois tout le monde fou.

17

L'infirmière s'approche et me murmure à l'oreille :
Lucrezia n'est pas là, ni dans sa chambre ni dans la salle de bains.
Aïe ! C'est la nuit et on part avec nos torches, pour ne pas réveiller les patients, une chambre après l'autre.
On te trouve dans le lit de la fille de dix-huit ans qui vient d'être admise,
une fille douce, enfant d'avocats.
Vous êtes nues. D'instinct, je lève la main pour vous séparer, quand je vous vois à la lumière :
vous dormez tranquilles, vos jeunes visages, l'un à côté de l'autre.
Deux enfants.
Je ne t'ai jamais vue si sereine.
Vous n'avez pas de maladies contagieuses…
Je murmure aux infirmiers : allez, allez,
laissons-les dormir.
Les infirmiers me regardent. J'insiste : allez.
Demain on fait sortir l'une des deux,
mais pour l'instant, laissons-les dormir.

18

Dans le service, mieux vaut garder les yeux ouverts.
Je vois qu'au bout du couloir un patient invite Lucrezia dans les toilettes des hommes. Lucrezia entre.
Je me lève et j'y vais, prêt à crier, quand j'entends un coup sourd et un gémissement de douleur,
je me mets à courir.

Je croise Lucrezia qui sort tranquillement des toilettes, elle me sourit :
qu'est-ce qu'il y a, doc ?
Je regarde à l'intérieur. L'homme saigne du nez, s'accroche au lavabo et proteste : elle m'a piqué vingt euros, je veux les récupérer.
Vous aviez signé le billet de banque ? je demande.
Encore heureux que ça se termine comme ça.

19

Parfois tu provoques en moi un tel sentiment de solitude que,
une fois l'entretien terminé, je dois appeler ma femme ;
si je ne la trouve pas, j'appelle ma fille ; si je ne la trouve pas, un ami.
Je commence : c'est moi, et puis je ne sais pas dire pourquoi j'ai appelé.

20

Lundi j'entre dans le service et on me signale,
parmi d'autres choses,
comme si de rien n'était :
ah, Lucrezia est attachée au lit.
Lucrezia ! Pourquoi ?
Elle s'est disputée tout le week-end avec Rufo, qui était de garde, et cette nuit il l'a fait attacher.

Détachez-la ! Il va m'entendre !
Doc, avant de la détacher, va la voir.
J'entre dans la chambre. Jamais les bandages aux poignets et aux pieds m'ont horrifié à ce point.

Comment ça va ? Tu ouvres lentement les yeux et tu me regardes pleine de haine.
Lucrezia, je n'étais pas là, samedi et dimanche, les jours de repos.
Maintenant écoute-moi : si je te fais détacher, tu restes sage ?
Tu rugis comme une bête sauvage.

21

Une nuit blanche est courte pour se consoler du jour précédent.
Une nuit blanche est courte pour se préparer au jour suivant.
Aigre est le matin : on ouvre les tiroirs, les couteaux refont surface.

22

On a intégré Lucrezia dans un programme d'emploi assisté. Une semaine après, elle propose une amélioration – qui est acceptée – concernant une procédure, la responsable lui sourit.
Une employée, qui travaille là depuis des années, est jalouse et se met à la disputer

et à déballer devant tout le monde chacun de ses défauts.
Lucrezia prend sur elle, jusqu'au jour où elle hurle : Tais-toi ! Vieille, moche et idiote ! Et habille-toi un peu mieux, toujours avec cette jupe rouge, on dirait un singe !

Tout ça était vrai, mais on a dû chercher un autre bureau.

23

Lucrezia aime le travail : je sors de chez moi, elle dit, je parle aux gens, j'apprends et je fuis la voix.
La voix qui chaque matin, quand Lucrezia a bu son café, mis ses chaussures et ouvert la porte,
lui donne l'autorisation d'aller travailler.
Elle attend, appuyée à la poignée, son oui ou non.
Si la voix l'y autorise, elle sort légère et rapide, comme pour aller à une fête.
Si elle le lui interdit, elle reste pleurer à la maison, en fixant le mur.
Si la voix n'est pas claire, elle en profite,
mais une fois rentrée le soir, elle en paye le prix :
la voix jalouse l'insulte et la menace
jusqu'à ce que ses yeux se ferment.
Pour Lucrezia, le travail est deux fois plus dur.

24

Lucrezia, quand tu vas mal tu ne viens pas aux rendez-vous parce que la voix te l'interdit.

Si tu viens, la voix t'interdit de me parler de certaines choses.
Je m'en aperçois si tu ne réponds pas à une question et que tes yeux sont tournés vers le plafond,

alors moi aussi je scrute le plafond, puis je te regarde : tu fais oui avec la tête.
On s'est compris, on est trois.

Le fait est que si tu rentres chez toi, la voix t'interdira de prendre tes médicaments, donc : c'est soit l'hospitalisation
soit une injection retard pour un mois.
Cette deuxième option ne nous plaît pas, ni à toi, ni à moi, ni à la voix.
Mais il faut décider maintenant.

25

On t'a vue dans une église déserte, tôt le matin, sur un banc, tu observais autour de toi.
Alors je te demande, Lucrezia : tu crois en Dieu ?
Tu me dévisages, consternée.
Chaque croix, pour toi, saigne pour de vrai,
si tu vois saint Sébastien tu sens les flèches entrer dans ta chair, tu ne peux pas prier, car le regard de Dieu est réel et te terrifie.

Je voudrais te dire : Lucrezia, guéris d'abord et ensuite tu croiras.
Mais à toi, qui ne guéris jamais,

il ne reste qu'à essayer de croire, entre la nécessité et la peur.
C'est facile de croire pour les personnes saines, pour ceux qui ne croient en rien.

26

Je te fais sortir pour la quatrième fois
et j'essaye à nouveau :
ce ne serait pas mieux si tu allais
en communauté thérapeutique ?
Il y a beaucoup de jeunes de ton âge, et plein d'éducateurs. C'est promis, je continue à te suivre.
Je te l'ai dit mille fois : je préfère vivre seule.
Je te souris.
Arrête avec tes sourires, doc, laisse tomber les ruses : si tu m'obliges à y aller, je mets le feu à la communauté.
D'accord, Lucrezia, on en reparlera.

27

Comme il est doux ce printemps. Tu es tranquille, la voix a disparu, et je ne m'attendais pas à cette autre surprise venant de toi :
je suis monté à la mairie pour ton mariage,
tu m'as prévenu il y a une semaine.
Tu épouses un garçon tunisien, arrivé depuis peu en bateau, il est plus jeune que toi. Beau comme un ange, bouclé, il sourit toujours.
Tu es contente, solaire, dans ta petite robe saumon.

On est peu nombreux. Je reconnais Carmelo et deux toxicomanes, je dis bonjour à deux autres patients hospitalisés chez nous quelques mois auparavant, puis il y a un curé et une bonne sœur, et une autre dizaine de personnes, très simples, que je ne connais pas.
Je ne vois pas tes parents. On remarque deux belles femmes élégantes, affectueuses avec toi, probablement d'anciennes camarades de lycée, l'une d'elles est ton témoin.
À la sortie on lance le riz, quelqu'un joue de l'accordéon.

Tu pars déjà, doc ?
Oui, félicitations Lucrezia, de tout mon cœur.
Doc...
Oui.
Si je voulais avoir un enfant, je devrais suspendre les traitements ?
Eh bien... il faudrait suspendre le lithium, diminuer le reste... mais on doit en parler.
Regarde-toi ! T'en fais une tête !
Ne t'inquiète pas : je ne vivrai pas longtemps,
je ne peux pas avoir d'enfant.

28

Emilio, crois-tu vraiment que quand tu mourras
les montagnes s'écrouleront,
la terre se déchirera,
et la lune s'arrêtera, avec le soleil et les étoiles ?
Emilio, crois-moi :

pas une fourmi ne s'écartera de son chemin,
pas une vague de la mer de son ressac,
pas un grain de sable
ne saura que tu sors du temps.

29

Je t'ai revue, Lucrezia : tu es pressée.
Tu es pressée de guérir, tu es pressée d'aimer,
tu es pressée de comprendre, tu es pressée de vivre.
Tu t'énerves contre moi parce que tu me trouves lent, stupide.
Tu me dis aussi : arrête de sourire tout le temps.
Aide-moi.
Mais qu'as-tu peur de manquer ?

30

Tu arrives en sanglots devant l'hôpital
contre ceux qui ne t'aiment pas, contre le destin, contre le monde entier.
Je te souris, je ne sais plus ce que je te raconte et je te laisse avec un collègue, puis je reviens, tu t'es mouchée,
nos regards se croisent de loin,
tu marmonnes quelque chose, tes yeux brillent encore,
tu me remercies et tu t'en vas.
Je te salue à peine, d'un geste de la main.
Le monde, Lucrezia, est toujours le même.

31

Pourquoi n'ai-je pas envie d'aller à l'hôpital aujourd'hui ?
Pourquoi la route me semble-t-elle si longue ?
Pourquoi les voitures sont lentes ?
Et les enfants qui vont à l'école et les mères avec les poussettes, pourquoi sont-ils si beaux ?
Pourquoi le soleil qui se lève m'appelle ailleurs ?
Mais je suis déjà dans l'allée arborée.

32

Aujourd'hui, au moment où j'arrive dans le service, trois collègues m'entourent.
Lucrezia, on m'a informé que dans la nuit tu t'es échappée du service et que tu es montée dans le bus 35.
On m'a expliqué que tu es descendue au terminus et que tu es restée debout sur le mur.
On a dû me dire que tu t'es mise à marcher vers la balustrade et que tu t'es jetée dans le vide.
Un autre m'a répété : Lucrezia s'est jetée en bas.
Un autre a ajouté : ne le prends pas comme ça. Assieds-toi. Tu as fait tout ton possible.

Après, quelqu'un m'a demandé si je pouvais lui changer une garde.

33

Je sais, Marcello, le premier suicide est le plus difficile.
Au début, c'est la stupeur, même si le patient a fait comprendre mille fois qu'il voulait se tuer.
On peut mourir comme ça ?
Quand on est jeune la mort semble une affaire lointaine.
Puis c'est la douleur.
Jeune, on s'attache autrement aux patients. C'est comme si on avait perdu un membre de sa famille, un ami.
On pleure. On se met en colère.
Où me suis-je trompé ? Qu'ai-je oublié de faire ?

On voudrait aller à leur enterrement, mais on a honte, comme si on était coupable.
Pendant trois jours on n'arrive pas à travailler.
C'est comme ça, Marcello, la première fois.

34

Quand ils sont cafardeux et tristes, les Génois grimpent sur un rocher et vont parler à la mer.

La mer est disponible, elle ne se cache pas,
quand tu parles, elle ne te coupe pas.
Avec la mer tu peux pleurer, hurler, jurer, lancer des pierres, elle n'a pas peur.
Elle continue à faire ses allées et venues :
elle te cherche, elle ne te cherche pas,
elle t'appelle, elle ne t'appelle pas.
Ce serait bien d'apprendre les secrets de la mer.

La mer est immense, c'est tout.
Face à elle, il n'y a pas de peine qui ne paraisse pas petite.
Face à elle, tu retrouves ta place dans le monde et dans le temps, tu réalises à quel point la vie est courte, avec sa douleur,
et tu te poses la question la plus redoutée.
Le plus dur est fait, après on verra.
La mer écoute les personnes, une par une
et pendant ce temps elle continue à faire ses allées et venues :
elle touche, elle ne touche pas,
elle prend, elle ne prend pas.

La mer t'attend, et dès que la douleur est plus légère
elle te distrait avec le vent froid qui se glisse sous le manteau
ou avec le soleil qui brûle la peau.
Elle est maline. Au début elle te berce au rythme de la vague
qui se brise entre les rochers et puis elle déborde,
un coup plus fort, un coup plus doux.
Et sans que tu t'en aperçoives, elle t'enchante,
t'hypnotise et t'endort.
Enfin tu te reposes.
Le moment venu, elle t'éclabousse les pieds.
Tu te réveilles.
Tu la remercies, tu lui dis au revoir et tu t'en vas.

Quelle maîtrise !
À côté de la mer, nous les psychiatres, nous ne sommes rien,

nous sommes la petite flaque d'eau dans la paume de la main qui doit éteindre un incendie.

35

Ignorer la mort ne rend pas immortel.
Y penser sans cesse ne rend pas immortel non plus.
Peut-être y penser de temps en temps ?

36

Je n'ai pas réussi à t'aider, Luciano. Tu es parti de chez toi un après-midi, tu as rejoint le viaduc de la voie Aurélienne et tu t'es envolé.
Quand je roule à vélo, je passe sur ce pont et je pense : maintenant, comme punition, je glisse moi aussi et je tombe dans le vide.
Dans le village suivant s'est précipité Giuseppe, du pont du chemin de fer.
De retour en ville, je frôle le mur
d'où Iris s'est envolée il y a un mois.

Plus les années passent, plus mes sorties insouciantes, entre les bougainvilliers et la mer, se transforment en errances bien pensives.
Ce dimanche je ne sors pas mon vélo de la cave.

37

Luciano, pour être plus fort que la douleur,
plus fort que la peur,
plus fort que la rancune,
tu t'es fait vent.

38

Mais si les suicidaires qui ont échoué ne savent pas pourquoi ils ont tenté de mourir,
comment pourrait-on, nous, le comprendre ?

IV

Dans la ville

1

Alfio, le moment que tu redoutais tant est arrivé.
On frappe à ta porte.
Viennent-ils à la confrontation ? Pourquoi maintenant ?
Pourtant, tu n'as rien fait de particulier.
Tu ne les as pas provoqués.
Durant des mois tu as supporté, tu ne t'es pas révolté, alors qu'ils ne te perdaient pas de vue un instant avec leurs caméras et les micros cachés à l'intérieur de ces trous minuscules dans le mur (tu en découvres de nouveaux tous les matins).
Ils frappent une nouvelle fois.
Monsieur Alfio, vous ouvrez ?
Durant six mois tu es resté enfermé à la maison,
Comme si tu n'étais pas là.
Mais ils savaient parfaitement ce que tu faisais et dans quelle pièce tu te déplaçais.
Pour ça tu ne bouges pas de la journée.
Juste un sourire, le soir : aujourd'hui aussi, je les ai eus.
Ils frappent encore à la porte. Monsieur Alfio, vous ouvrez ?
Tu prends le gros couteau dans la cuisine.

Ce sont mes pensées devant ta porte, Alfio, quand je t'entends trafiquer à l'intérieur et qu'il y a de drôles de bruits.
C'est la première visite à domicile, nous ne nous sommes encore jamais vus.
L'infirmier murmure : appelons la police.
Je fais signe d'attendre.
Grincements de mille verrous pendant cinq minutes,
puis la porte s'ouvre.
Noir, personne sur le seuil, juste une sorte de gémissement.
Nous ne bougeons pas : bonjour, monsieur Alfio.
Je vous en prie, entrez.
Il est petit, il a l'air inoffensif.
Dès qu'on entre, la porte derrière nous se referme toute seule, avec un grand bruit, tout un système
de cordes et de contrepoids,
mais ce n'est pas juste une porte, il y en a une autre et une autre encore : c'est une porte triple.
Enfin du silence, une corde balance.
Alfio nous observe attentivement :
maintenant personne ne peut plus entrer ni sortir.
L'infirmier me dit avec les yeux : si ce n'est pas lui, c'est moi qui vais te tuer.

2

Hier, j'ai entendu un correspondant de guerre affirmer qu'ici en Europe on vit dans une bonbonnière
à l'abri des drames du monde.
Je connais des gens qui passent la nuit vico Untoria sous les bombardements,

des gens qui chaque matin descendent dans les tranchées
via XX Settembre,
des gens sans aucun droit, enfermés dans des prisons vers
la montée du Carmine, des gens perdus dans le désert
à deux cents mètres de la gare de Principe.

3

Gênes n'est pas une ville carrée mais une ville biscornue :
il y a toujours un chemin plus rapide.
Rien que de chez moi à l'hôpital il y a quinze raccourcis,
chacun plus rapide que l'autre.
Quand je suis avec ma femme je dois suivre son raccourci, sinon elle se fâche,
mais je sais que le mien est plus court.

4

Le moment le plus difficile des visites à domicile
c'est quand les patients t'offrent le café.
Tu essayes de dire non, mais ils insistent, tu refuses
encore,
mais le mouvement est lancé.
Ils sortent des vieux placards
quelques tasses anciennes couvertes de poussière,
dépareillées, ébréchées, délavées et fêlées.
Ils piochent au fond des tiroirs des petites cuillères usées
de tailles différentes.
D'un buffet voilà qu'apparaît une cafetière plus noire que
le charbon, ils la remplissent avec l'eau d'un robinet

crasseux, puis ils ouvrent un paquet de café d'une marque asiatique, sans arôme, ils mettent tout ça à réchauffer sur un feu incertain à moitié éteint,
ils préparent le sucre, sale, plein de caillots durs, gris, et ils trouvent le courage de te sourire, satisfaits.
Ensuite ils demandent si avec le café tu voudrais quelque chose à manger.
Tu n'as pas fini de répondre : non, merci,
que tu vois sortir de nulle part :
bonbons aux fruits gélatineux, morceaux de réglisse, cigarettes au chocolat,
des pâtisseries achetées dans la nuit des temps avec la crème figée comme de l'enduit, biscuits à l'anis, Pavesini secs, deux petites bananes en pâte d'amandes.
Les plus riches, vers Noël, offrent une colombe de Pâques dure comme une pierre, qui, une fois posée sur la table, tourne sur elle-même.
Quand le café est versé dans les tasses, il y a un moment de silence et d'incertitude.
Tu te demandes un instant : et s'il m'empoisonne ?
Puis on se sourit autour de la table et on se sert.

5

En traversant les ruelles du centre historique pour aller voir les patients, on se frotte forcément aux putes :
les ruelles sont étroites et elles ont les hanches larges,
parfois elles installent une chaise au milieu du chemin,
pour y poser les jambes bien en évidence.

Les putes ont une âme de psychiatre : si tu veux savoir comment va un patient,
demande-le à la femme qui est en train de chausser des talons hauts sur le pas de la porte et bloque l'accès avec ses fesses énormes :
personne ne le sait mieux qu'elle.

Entre-temps, elle a fini d'attacher tous les fermoirs,
elle lève son buste et le visage vers toi
et, pour un instant,
elle n'a pas l'air d'une pute
ni moi d'un psychiatre.

6

Angelo, tu refuses de venir aux rendez-vous, alors je me rends chez toi à l'improviste.
Ta mère ouvre la porte et de ses yeux désespérés elle me montre où tu es.
J'entre dans l'appartement et tu te caches dans la chambre,
je frappe à la porte de la chambre et tu surgis dans la cuisine.
Je fais un long tour pour te rejoindre dans la cuisine
et tu retournes dans la chambre.
Je reviens sur mes pas, frappe à la porte de la chambre et cours vers la cuisine pour te surprendre, mais tu sors par la porte d'entrée et tu t'enfuis pour quelques heures, libre et bienheureux,
tandis que je suis là à t'attendre comme un imbécile,
jusqu'à ce que la voix de ta mère m'informe :
Il est parti pour de bon.

Je reste un peu là à boire mon café
et je n'ose pas regarder ta mère dans les yeux quand elle dit tout bas : mais docteur, un jour vous allez arriver à ne pas vous faire avoir par ce débile ?

7

Giorgio, comme tous les samedis après-midi, tu es passé vico Untoria pour baiser la vieille Almira.
Elle était malade – elle a soixante-dix ans –, à la place on t'a proposé la jeune Lidia.
Tu as accepté, mais tu as exigé un rabais.

8

Fin juillet. Un matin, tu mets le nez dehors :
Gênes est déserte.
Ils sont tous partis pendant la nuit ?
Espaces immenses, vides, et dans le tremblement de l'air chaud se détachent très loin des bâtiments.
Tout est immobile, comme un lézard sur le mur.
Silence : le bruit de la mer et le cri des mouettes montent vers les hauteurs.
De rares touristes curieux cherchent quelque chose.
Mais voilà ce qui arrive : de vieilles persiennes, fermées depuis des mois, s'ouvrent à nouveau,
des pièces, sombres depuis des mois, s'éclairent,
des serrures oubliées grincent.
C'est là que Gino, Elisa, Enzo et les autres
trouvent le courage,

ouvrent les portes et descendent dans la rue.
Ils marchent sur les trottoirs, s'assoient sur les bancs,
parlent tout seuls aux carrefours, observent les feux,
appellent les chats.
Ils portent des habits bizarres : un imperméable, un pull,
des chaussures de marche, des tongs.
C'est une explosion, semblable à la sortie des escargots après la pluie.
La ville est à eux. Rois d'un jour.
Je me promène en Vespa, je constate que je ne connais pas grand monde.
La ville est remplie de personnes qui n'existent pas.

Fin août. Des files de voitures chargées de bâillements rentrent de vacances.
En quelques jours les escargots se glissent à nouveau dans leurs trous.
Si on ne les a pas vus, on ne les reverra plus.

9

Depuis cinquante ans, je marche dans Gênes,
et il m'arrive encore de découvrir,
à moins d'un kilomètre de chez moi,
des *creuze*[1] que je n'ai jamais empruntées.

1. Le terme dialectal *creuza* indique la ruelle ou la muletière typique du territoire génois et ligure. Ces chemins étroits, en brique ou en pierre, tissent un réseau de parcours qui relient souvent la colline à la mer.

Je vais mourir après une vie de parcours dans Gênes,
sans l'avoir parcourue en entier.

10

Lourde est la terre et lourd est ton corps, Giuseppina.
Tu ne sors jamais du lit.
Depuis le mariage de Piero tu n'as pas ouvert le placard
où dorment dans le noir tes chaussures du dimanche.
Une demi-heure pour mettre tes pantoufles, encore une demi-heure pour te lever, puis tu traînes les pieds, pas à pas, et il te faut une demi-heure pour faire le tour du lit.
Tu t'accroches à ce lit comme à une île, une naufragée au milieu de la mer.
Devant le lit se trouve le grand placard.
Dans la pièce il y a toi, le lit et le grand placard.

À l'intérieur, il y a la robe de mariée de ta mère avec le chapeau de la réception
et la robe verte de la lune de miel sur le lac de Côme.
Dans le placard dort l'uniforme de cheminot de ton père, chef de gare à Levanto.
Dorment les photos en noir et blanc des grands-parents paysans adossés à la vigne
et la faim sur les visages des parents au temps de la guerre.
Dorment les photos de ta confirmation dans le quartier Lagaccio, le cocktail sur la colline de Righi, un camarade d'école fait des grimaces.

Dort ton diplôme de l'École magistrale et la signature de ta première vacation : à l'institut D'Annunzio, tu parlais de Pascoli, non ?
La classe faisait du bruit, les avions en papier volaient,
passons…
Dort la gaine avec les attelles qu'un orthopédiste cruel voulait te faire porter.
Dort une fausse lettre d'amour que tu t'es écrite,
et la vraie lettre que tu as écrite à Piero sans jamais l'envoyer.
Dort la bonbonnière du mariage de Piero, qui a eu trois enfants de Giusi.
De ton ventre sont sortis dix enfants imaginaires que l'Haldol n'arrive pas à refouler. Tu es fatiguée de ces grossesses, sans pères, sans fêtes ni baptêmes.

Giuseppina, tu dors en face de la vie qui est enfermée dans ce placard.
Cette pièce est une chambre funéraire égyptienne. Tu y es enterrée vivante.
Ta mère très âgée tousse, le canari chante dans la salle à manger : je me lève, je prends le café à la cuisine, dans l'odeur de renfermé, je fais semblant de m'intéresser à l'oiseau,
je suis d'accord au sujet de l'augmentation des prix, je change au hasard le traitement,
ta mère le comprend et soupire : on n'y peut rien.
Dès qu'elle ouvre la porte, je m'engouffre dans l'escalier, enfin libre.

11

Giovanna, c'est la première fois qu'on sort ensemble.
Tu es jolie et je t'invite à dîner dans une *trattoria* du centre historique.
Il fait déjà nuit, on marche dans la circulation de via Gramsci.
Soudain, une espèce d'énergumène sort d'un portail, maquillage chargé, vêtements léopard, de longs cheveux blonds,
comme il me voit il me sourit et me salue : bonsoir, Paolo.
Et il part, en se déhanchant.
J'ai longtemps travaillé avec les toxicomanes, parmi eux, beaucoup de personnes travesties, les seules qui se montrent aimantes.

Je n'ai pas le temps de t'expliquer, Giovanna :
un colosse se dirige vers nous, talons hauts, pantalon en cuir noir brillant, un châle rose sur les épaules et lèvres d'un rouge foncé,
il me regarde, coquin
et me sourit lorsqu'il s'approche en se léchant les lèvres avec la pointe de la langue : bonsoir, Paolo…

Mais le pire c'est le travesti qui en ce moment, de l'autre côté de la rue bondée, quatre rangées de voitures plus loin, gesticule et hurle en gazouillant : bonsoir, Paolo !

Je sais, Giovanna, il faut qu'on parle.
Mais où est-elle cette satanée *trattoria* ?

12

Vous ne les verrez jamais.
Vous ne les entendrez jamais.
Vous ne soupçonnez même pas leur existence.
Pourtant ils sont nombreux : des centaines, des milliers dans une ville.

Ils sont enfermés dans leur chambre.
Ils survivent pendant des années.
S'ils ne vident pas leurs pots de chambre par la fenêtre,
s'ils ne frappent pas leurs parents,
s'ils ne crient pas la nuit de leur balcon ou sur le palier,
ils peuvent rester sur leur île même vingt, trente ans,
comme Robinson Crusoé.

Si tu vas les chercher, ils lancent des flèches et te traitent de cannibale.
Si tu les mets dos au mur, ils tentent de se maîtriser, malgré les taches d'urine et la saleté,
un air de gentleman anglais :
quoi, il est où le problème ?
Je suis là depuis quelques jours,
j'attends justement mon bateau à vapeur
pour rentrer en Angleterre.

13

Je suis allé avec Valerio en débusquer un.
Travail ingrat, dangereux et très peu épanouissant.
On le fait d'office quand les parents vont mourir.

Le père est au lit, la mère nous ouvre la porte la main tremblante. Robinson Crusoé est quelque part, caché dans la forêt de sa chambre.
Il s'échappe dans l'appartement, courbé, rapide, silencieux.
Puis on l'aperçoit : il a une barbe de quelques jours, les cheveux emmêlés,
des ongles longs de dix centimètres et des poils sur le nez et les oreilles, les dents noires, le tee-shirt crasseux.
Il se déplace, rapide, il souffle, il gémit, il grogne, finalement il parle.
Maman, va au diable, pourquoi tu les as laissés entrer ?
Et il reprend la fuite. Tu as tout gâché. Va au diable.

Je suis là et je ne sais pas pourquoi,
je pense à la chasse au sanglier sur le mont Gottero,
quelqu'un guette, quelqu'un traque, on entend des sifflements, des tirs.
Je n'ai même pas de fusil.

Il ne répond pas quand on se présente, il va porter plainte, il dit.
Ici c'est chez moi, chacun fait ce qu'il veut de sa vie,
merci et au revoir : maman, accompagne ces messieurs à la porte.

Moi aussi à ce moment-là j'aimerais dire :
merci et au revoir,
ce fut un plaisir.
Sortir dans le soleil et aller manger une glace à Castelletto.

14

Pratiquer un SSC signifie faire irruption chez quelqu'un
et le traîner de force à l'hôpital.
C'est une opération de type militaire.
Comme dans toutes les opérations de type militaire, il faut que l'équipe soit soudée, qu'on se fasse confiance et qu'on respecte la hiérarchie.
Valerio, ce qui s'est passé chez Tommaso ne doit plus se reproduire.
Dans sa chambre, devant lui, je te murmure discrètement : on y va
et tu me réponds : non, on attend.
On fait quoi, Valerio ? Je suis médecin et toi infirmier, qu'est-ce qu'on fait ?
Dire au patient : juste un instant
et aller toi et moi dans une autre pièce débattre s'il est juste ou non
d'attraper Tommaso de force ?
Peut-être qu'on pourrait demander à la famille et aux voisins ce qu'ils préfèrent ?
On vote ? On tire au sort ?
Valerio, si c'est moi le responsable, quand j'indique qu'on y va, on y va.

15

Être traîné en dehors de l'île, à la lumière du jour,
au bout de vingt ans, ce n'est pas rien,
c'est une épreuve terrifiante, d'écorché vif.
Mais il y a une chose qui est encore plus forte

que la terreur : la curiosité.
Dans le Service 77, en présence enfin d'autres personnes, certes bizarres, les Robinson Crusoé, au bout de quelques jours – sans qu'on le sache –
espionnent, observent, guettent, écoutent.
Ils ne l'admettront jamais, ils nous accusent toujours d'avoir gâché leur vie mais, dès qu'on s'éloigne,
ils s'amusent.
Puis un jour, on les voit bavarder tranquillement avec un autre patient. Au bout de vingt ans.
On fait comme si de rien n'était, et eux aussi.

16

S'il n'y a pas moyen de l'éviter et qu'il faut pratiquer un SSC,
avant d'y aller,
comme lors de l'habillage des soldats,
qui choisissent les armes pour la bataille,
un moment sacré de concentration s'impose.
Le médecin se questionne sur le choix de son métier,
embrasse idéalement femme et enfants et endurcit un peu son esprit.
Les infirmiers enfilent leurs baskets, retirent leur chemise et mettent un vieux tee-shirt.
On jette un œil sur le dossier du patient, qui ne contient jamais rien.
Chacun dit à l'autre : ne fais pas n'importe quoi.
Chacun baise son talisman, on se souhaite bonne chance mutuellement. Et on y va.

17

Gino, qui de nous deux va attraper ce patient surexcité
par le cou ?
On ne peut pas attendre : il va tout casser et il donne
des coups de poing.
C'est celui qui est derrière son dos qui doit intervenir,
et là, Gino, c'est toi.
Gino, on veut faire quelque chose ?

Gino, tu as le cou raide et une crampe au bras
et le scanner montre que tu as de l'arthrose à l'épaule,
et ce matin tu es venu travailler par miracle,
la prochaine fois dis-le-moi avant, et non après.

18

Giusi, vieille femme trans,
quand je passe, avec quelqu'un,
devant ton réduit ouvert sur la rue où on te voit à moitié
nue attendant sur le lit,
ne m'appelle pas, comme tu le fais, d'une voix suave,
par mon prénom et mon nom, avec ta grosse voix,
fais-moi juste un signe de ta grande main,
ou mieux, envoie-moi seulement un baiser,
ou encore, simplement souris-moi,
non, ne fais rien du tout,
pense à moi.

19

Marcello, pour établir un diagnostic il suffit d'observer les chaussures.
Les dépressifs portent des pantoufles ou des chaussures souples, des chaussettes foncées, sans odeur. Si un dépressif porte des lacets ça signifie que quelqu'un prend soin de lui et s'occupe du laçage, ou bien il n'est pas dépressif ou alors, pire, c'est un dépressif méthodique avec des tendances suicidaires.

Les euphoriques n'ont pas de temps à perdre,
ils mettent leurs chaussures abîmées pour gagner une poignée de secondes et puis ils marchent mal pendant des heures.
Il y a des euphoriques sans répit qui marchent jour et nuit.
Leurs chaussettes sont moites et malodorantes, de toutes les couleurs, souvent dépareillées et trouées.
Si un euphorique se présente en consultation en pantoufles ou déchaussé, les pieds noirs, il faut l'hospitaliser.

Les schizophrènes portent parfois des chaussures dépareillées par caprice, comme une sorte de lubie superstitieuse vis-à-vis du monde.
Les paranoïaques portent toujours des chaussures adaptées à la fuite. S'ils se présentent habillés de grosses bottes militaires recouvertes de boue, il faut les hospitaliser.
Les sans domicile fixe ont des chaussures défoncées mais figées par la crasse, indestructibles.

Les névrosés débarquent avec des chaussures brillantes qui grincent sur le sol,
je ne comprends pas d'où vient le bruit et je cherche autour de moi.

20

Dans le centre historique de Gênes, les plus grandes places sont à l'intérieur des églises,
parfois, pour se déplacer dans la ville il vaut mieux
entrer par une nef et sortir par une autre.
Il y en a qui entrent dans l'église pour reposer leurs jambes,
pour profiter du frais, pour s'abriter de la pluie,
pour écouter la musique, par erreur.
Elio, toi tu es bizarre :
à chaque fois que tu pénètres dans l'église tu penses à Dieu.
Existe-t-il ? N'existe-t-il pas ? Comment est-il ? Pourquoi nous a-t-il créés ?
Puis tu restes là pendant des heures, étourdi tel un os mâchouillé.

21

Le diacre nous guide : venez.
L'église est déserte et plongée dans une semi-obscurité,
tandis que l'on passe devant un autel latéral
et que les anges baroques nous scrutent

le diacre fait un petit pet, léger et prolongé,
devant saint Georges qui repousse le dragon,
le cheval nous regarde,
un autre pet du diacre,
léger, prolongé, monocorde,
on marche devant un tableau, école du Caravage,
un Holopherne nous observe,
le diacre reprend la même note,
plus syncopée et discontinue,
on contourne un confessionnal du cinquième siècle,
un fantôme derrière les petits rideaux,
le diacre peaufine son œuvre sonore.
Il nous ouvre à présent trois portes sans péter : il se retient jusqu'à l'immense tapisserie des Noces de Cana, c'est là qu'il se libère.
Il nous fait donc installer dans l'appartement privé du curé.

Le curé, habillé entièrement en noir, a des tics et sa main tremble.
Il a plusieurs ennuis, mais s'il souffre c'est surtout parce que dès qu'il entre dans l'église,
il sent monter une énorme envie de jurer,
et il a du mal à se contrôler,
il vit dans la crainte de ne pas résister,
terrifié à l'idée de jurer à voix haute,
il étouffe une pensée blasphématoire naissante, il se ressaisit, puis il souffre à nouveau.
Voilà, il ne se retient plus. Il sort en vitesse de l'église et la tension se relâche tout doucement.

Mauvais signe pour un curé.
D'une beauté spectaculaire pour le jeune psychiatre que je suis.

22

Rufo, depuis une semaine tu ne viens pas travailler, puis tu arrives de Rome et tu te vantes d'être ami avec un sous-secrétaire qui parle parfois avec le ministre de la Santé.
Rufo, je ne veux pas me vanter, mais moi, en restant travailler à Gênes, je suis devenu l'ami intime de quelqu'un qui parle avec Dieu tous les jours.

23

Si en faculté de médecine on admettait seulement les étudiants les plus intelligents,
qui est-ce qui sauverait la peau de la psychiatrie ?

24

Lia, la démence brise ton esprit fragile.
Tu nous accueilles avec grâce dans ta belle maison bourgeoise via Caffaro, tu nous montres les tableaux, la bibliothèque, et tu insistes pour nous offrir un thé. Tu nous installes dans de petits fauteuils rouges et tu nous laisses dans une attente infinie.
(Tu as chassé les domestiques, ils te volaient, tu dis.)

Des sols en marbre, des meubles anciens, le piano :
ton esprit vacille mais le monde autour de toi ne s'effrite pas, il persiste mystérieusement, la tête haute.
Pudeur, propreté, retenue, respectabilité.
La distinction bourgeoise, inébranlable, est ton salut, Lia.
Finalement tu reviens en poussant le chariot avec les tasses cliquetantes en céramique.
Tu souris. Tes mains tremblantes nous tendent la tasse :
on peut bien la voir, la tasse s'érige
dans un brouillard de doutes comme
le promontoire de Portofino qui se détache,
clair et indéfectible, sous le regard du marin hésitant sur son cap.
Le monde ne se dissout pas comme le sucre sous la petite cuillère.
Même la mort, en arrivant, devra s'asseoir à ta petite table, Lia, et repousser son devoir,
pour boire, digne, le thé, dans la céramique hollandaise.

25

Dans certaines ruelles du centre historique de Gênes, des tours médiévales de huit étages se lèvent.
On monte les escaliers étroits, il faut serrer les épaules et pencher la tête.
Ils sont raides, les marches toutes de hauteur différente.
Ils se tortillent tels des boyaux dans le ventre de l'immeuble,
pas de paliers, les portes sans numéro ni nom donnent directement sur les marches :
si tu cherches quelqu'un, tu pars à l'aventure.

Un soir, Livio et moi sortons avec une demande de SSC dans la poche pour Sergio, un schizophrène installé dans le centre historique :
ceux qui lui apportent à manger disent que depuis un mois il n'ouvre pas et ses voisins l'entendent hurler.
En bas, devant la porte, il y a une pute qui ne bouge pas : pour entrer on s'écrase contre sa poitrine.
On amorce la montée méthodiquement, on a du mal à respirer.
L'escalier tourne un coup à droite, un coup à gauche,
dehors il fait presque nuit et les rares ampoules ont brûlé.
L'escalier sent le moisi et l'urine de chat.
Quelqu'un descend avec une torche, pour céder le pas il faut s'aplatir contre le mur.
À chaque porte, un parfum différent : morue, pesto, minestrone, couscous, bouillon, ou rien à se mettre sous la dent.
À chaque porte la musique change : variété napolitaine, arabe, reggae, techno, silence de Gênes.

Une fois arrivés, tant bien que mal, au bout des marches, on redescend, on s'arrête renifler une odeur, écouter les bruits, pour trouver la porte de notre homme :
on sonne au hasard plusieurs fois.
On attend un cri, mais Sergio reste silencieux.
On est sur le point de perdre espoir, quand un voisin, derrière la chaîne de la porte entrouverte, nous montre une entrée.
On sonne, aucun bruit, on frappe.

Sergio est menu, âgé, il n'a probablement pas mangé depuis des jours,
nous sommes deux, jeunes et bien nourris, alors quand on arrive enfin à entrer, après avoir confié le chat au voisin et fermé les fenêtres, on n'a pas trop de mal à l'emmener.
On le place entre nous : je marche devant et Livio derrière lui.
La descente est plus difficile que la montée :
on ne voit pas les marches et on risque d'être précipités en bas.
Toutes les trois marches on jure, on met en garde, on voudrait y voir clair. Sergio se tait.

Une fois à mi-chemin, l'irréparable se produit :
un Sénégalais énorme muni d'une guitare est en train de monter, et derrière lui, un autre type, équipé d'un tambour.
On est à l'arrêt, comme deux colonnes de voitures dans une rue étroite, on s'interroge en plusieurs langues bizarres,
on entreprend de laborieuses et millimétriques manœuvres de marche arrière, rapprochement, dégagement, esquive, le premier passe, mais il y en a d'autres qui arrivent :
c'est tout un groupe de musiciens sénégalais avec
basse, clavier, saxophone, et choristes corpulentes.
Quand l'escalier se libère, nos corps sont cabossés.
Maintenant, une femme enceinte monte.
Encore des précautions et des contorsions,
puis on descend jusqu'à l'entrée.
On se frotte à la pute.
On est dehors, Livio et moi. Mais où est le patient ?

Il est là-haut.
Il a rallumé et nous fait au revoir avec la main contre le ciel.
On dira qu'on ne l'a pas trouvé.
Il est plus simple d'attraper un macaque dans un arbre qu'un patient dans les étages supérieurs du centre historique.

V

Mauvaises compagnies

1

Où sont-ils passés les toxicomanes, meute de loups, qui parcouraient la nuit les ruelles entre via Gramsci et vico Untoria ?
On les voyait marcher courbés, les yeux en feu,
les oreilles dressées, les narines ouvertes.
Ils grattaient les murs, inspectaient les halls d'entrée, regardaient sous les voitures, soulevaient les pots de géraniums, frôlaient les rebords des fenêtres,
avec leurs longs doigts fuselés fourrés dans tous les trous.
Si maintenant on passe par là, on ne les voit plus.
Dans quelle Sibérie, sous quelle lune, la chasse se poursuit-elle ?

2

Carmelo, tu me dis que tu as arrêté de te défoncer.
N'est-ce pas toi que j'ai vu tituber hier au milieu de via Macelli di Soziglia ?
N'est-ce pas toi qui obligeais les femmes avec leurs sacs de courses à s'écarter de ton chemin ?

C'est vrai, tu avoues, c'était moi, mais j'avais juste un peu bu.

Carmelo, quand on boit on vacille, on perd l'équilibre, on fait deux ou trois petits pas pour tenir debout, puis on freine et si on ne s'accroche pas à quelque chose, on tombe.
Quand on boit, les mouvements sont fragmentés.
Tu tanguais sur place les yeux à moitié fermés,
tu te penchais en avant très lentement,
centimètre après centimètre, bien trop loin
– il tombe, il tombe –
et non, comme la tour de Pise,
tu dépassais le barycentre, après tu te redressais,
et soudain tu te penchais à nouveau en avant tout doucement, en avant, en avant avec la tête,
au point que tu pouvais ramasser par terre un mégot avec la bouche.
Carmelo, ce n'est pas comme ça qu'on tangue quand on a bu.

3

Quand tu commences à faire des expertises aux urgences, c'est dur d'obtenir la confiance des collègues.
Tu es jeune et de surcroît tu es psychiatre,
les internistes et les chirurgiens te scrutent de la tête aux pieds : vas-y, écris ton expertise, mais sache qu'ici c'est moi qui décide.

Si les urgences sont imprenables, tu peux toujours gagner la salle d'attente,
la salle d'attente est l'arrière-garde, on peut s'y infiltrer.
Observe autour de toi afin de détecter les cas psychiatriques :
l'un est assis dans un coin, immobile et silencieux, l'autre marche partout en râlant, l'autre encore déplace les chaises et l'horloge.
Tu peux t'asseoir et demander ce qui ne va pas et commencer à résoudre le problème.
Si tu écourtes la file d'attente, la rumeur va circuler :
aux urgences on te regardera tout de suite d'un nouvel œil.
La salle d'attente est un monde à part, déjà clinique : il y a beaucoup à apprendre.
Là, l'agressif est agressif, l'anxieux est anxieux, c'est réel : la consultation est une représentation.

4

On t'emmène aux urgences, Carmelo : tu fais une overdose, tu es déjà très froid.
Mara, l'infirmière, te regarde puis se tourne vers le médecin un peu plus loin
et elle rapproche l'index du coude, le geste de l'intraveineuse.
Le médecin hoche la tête.
Les mains se mettent à bouger, *tic* fait le plastique qui se casse, *tac* fait l'ampoule qui se brise.
Mara se penche, tâte du doigt et trouve la veine sur les pieds ou sur la tête, injecte, se redresse.

Tu sursautes et tu souffles : l'antagoniste des opiacés agit vite.
Alors tu commences à bouger les bras et les jambes par à-coups, désarticulé comme une marionnette.
Abasourdi, tu ouvres les yeux, tu lèves la tête. Dès que tu comprends où tu te trouves, tu grondes :
salope ! Tu as pris ma came ! T'occupe pas de moi ! Je suis en manque maintenant !
Tu te lèves et tu pars, en hurlant et en heurtant tous ceux que tu croises.

Trois heures après.
On te ramène, encore plus terreux que tout à l'heure.
Le médecin te voit passer et fait à son tour le geste de l'intraveineuse à Mara, plus loin.
Tic, *tac*, elle se penche, cherche, injecte.
Tu sursautes, animé par un feu :
encore toi, sale pute ! Meurs ! Toi et tous tes enfants ! Ton Naloxone tu peux te le mettre où je pense…
Et tu pars.
Cette fois-ci, l'infirmière éclate en sanglots.

Trois heures passent, l'ambulance te ramène, encore plus intoxiqué aux opioïdes,
mais ensuite tu hurles comme un cochon sur le point d'être égorgé : salauds ! Je vais porter plainte !
Moi, pour sauver ta peau ainsi que la journée de tout le monde, je fais un bon SSC : je te transfère dans le Service 77, les autres sont encore pliés au-dessus du brancard pour t'attraper.

5

Un type surexcité arrive, peut-être est-il ivre.
On ouvre les portes des urgences pour l'éloigner, sans que personne ne se blesse,
mais il n'a pas la moindre intention de partir et il saccage tout.
On appelle le psychiatre de garde, un phénomène,
de ceux qui veulent tout faire tout seuls.
Par des mots feutrés, il invite le géant à se calmer, l'autre lui jette un brancard à la figure, et le malheureux le réprimande vaillamment. La brute, qui n'attendait que ça, se lance, visant son cou les deux mains tendues en avant.
Que fait donc cet écervelé ?
Il saisit par les épaules Mara, une toute petite
infirmière, pour se défendre comme avec un coussin : la brute bouge à droite et il déplace Mara à droite, puis la pousse à gauche,
là il regarde derrière lui, il voit la porte, il lance Mara contre l'exalté et s'enfuit.
Une fois dehors il ne trouve pas mieux que de verrouiller la porte derrière lui, en enfermant Mara, seule avec l'excité, dans la pièce.
Et il ne lâche pas la poignée, s'opposant à l'autre qui, avec des coups de poing et d'épaule, essaie de défoncer la porte, tandis que la femme hurle à gorge déployée.

Aujourd'hui, Mara me dévisage et me siffle dans le couloir : vous les psychiatres, vous êtes pires que les toxicomanes.
Le chirurgien s'éloigne en levant le bistouri :
Milone, toi aussi fais gaffe.

6

Tu arrêtes de faire la manche en arnaquant les passants ?
Mais doc, comme ça je donne une chance d'aller au paradis à ceux qui donnent une pièce.

Carmelo, si Dieu va à l'essentiel, ceux qui te donnent une pièce pour l'héroïne, vont tout droit en enfer.

7

Quand deux infirmiers discutent entre eux,
neuf fois sur dix, ils parlent de bouffe :
de ce qu'ils ont mangé hier,
de ce qu'ils mangeront demain,
de ce que maman cuisinait,
de leur plat préféré,
des secrets de la recette de mamie,
du menu de Noël et du Nouvel An des dix dernières années,
de ce qu'ils aimeraient manger aux prochains Noël et Nouvel An,
des mille manières de cuisiner les champignons, l'osso-buco, les escargots,
du meilleur restaurant de la ville pour la viande, le poisson, le dessert et le café.
Les infirmiers de l'ancien asile ne parlaient que de bouffe,
et c'est ainsi que font les prisonniers dans leur cellule sombre,
les naufragés lointains.

8

Carmelo, tu es en prison depuis six mois et tu dois y rester six mois encore.
Lors d'une de mes rondes psychiatriques, je viens te voir en cellule.
Je vais à la salle de sport tous les jours, tu me dis,
et tu me tends la main : on fait un bras de fer ?
Tes collègues autour se retournent : allez !
On s'installe et quelqu'un lance : c'est parti !
J'y vais à soixante-dix pour cent, prêt à pousser plus loin,
tu me fais plier un peu, quatre-vingts et je remonte,
tu me refais plier un peu, quatre-vingt-dix et je remonte,
puis on reste comme ça sans bouger en équilibre, ils nous regardent tous et t'encouragent :
Carmelo ! Carmelo !
Tu te mets à transpirer, je donne le peu qui me reste
et lentement je te fais plier.
J'ai gagné ! Je sors ravi et je fais démarrer ma Vespa.

Au premier feu rouge je m'arrête et je reste bouche bée :
je ne l'ai pas laissé gagner.
Il a pris un an et je suis dehors et je ne l'ai pas laissé gagner !
Ça klaxonne derrière moi, mais je ne pars pas.

9

Tu m'expliques que je dois te prescrire de la méthadone et de la benzodiazépine selon les dosages que tu veux,
parce que je suis un agent de la fonction publique

et que tu payes mon salaire avec tes impôts.
Carmelo, je ne savais pas que pour les escroqueries, les vols à la tire et les cambriolages, tu payais l'impôt sur le revenu.

10

Carmelo, quand tu es shooté à moitié, pour finir le travail tu renchéris avec les mots : te balançant debout, les yeux à moitié fermés,
tu racontes le monde que tu vois,
tu t'écoutes, tu t'interroges, tu te réponds,
tu marmonnes, tu t'interromps, tu reprends, tu sanglotes,
tu pleurniches,
là tu es calme, puis tu t'enflammes, tu protestes, tu pètes, tu régurgites, tu coupes ta pensée,
tu fermes les yeux, tu t'endors,
tu grommelles, tu te tais, tu grommelles à nouveau,
tu te tais pour de bon,

voilà, tu es shooté,
de mots.
La moins chère des drogues.

11

Giulia, tu me demandes si parfois les toxicomanes disent la vérité.
Giulia, les toxicomanes mentent toujours, même quand ils disent la vérité.

12

Emilio, tu me dis que tu vas aux putes grâce au Viagra,
tu me regardes et tu attends que je t'envie,
puis tu me dis que tu te shootes à la cocaïne, tu me regardes et tu attends que je t'envie,
puis tu me dis que tu te masturbes encore, tu me regardes et tu attends que je t'envie,
bientôt tu me diras que tu te pisses dessus et tu attendras que je t'envie.

13

Une chambre blanche.
Dans l'entrée, une lumière éblouissante : tu as vendu rideaux et persiennes.
On entre dans les autres pièces, blanches, vides : tu as vendu les meubles, les tableaux, les lustres.
Cette lumière est traversée par une dame âgée toute frêle, ta mère.
On voit où elle dort : dans un coin, sur une vieille couverture sombre.
Tu as vendu lits et tables de chevet.
Tu as vendu le frigo, la cuisinière à gaz, la télé et la radio.
Il n'y a qu'une chose que tu n'as pas vendue : le W-C.
Et ta mère.
On marmonne quelque chose contre toi, Carmelo.
Ta mère te défend : le pauvre.

Voilà que tu entres à grands pas,

tu grognes, tu vas dans les toilettes, tu dévisses le W-C,
tu le charges sur ton dos, tu sors.

14

Carmelo, comment un artiste du crime comme toi en arrive-t-il à faire la manche ?
Avec toi, les apparences sont toujours trompeuses.
Tu fais la manche mais entre-temps, les yeux attentifs, tu fais le guet,
tu surveilles les mouvements des flics, donnes des indications aux pickpockets,
tu récupères le butin, prends et distribues des petits sachets.
En gros : tu diriges le trafic.

15

Tu me demandes en larmes de te suivre régulièrement en tant que médecin au cours des prochaines années.
Carmelo, ton père t'a lâché, tes frères, ta femme et tes enfants,
tes amis, tes associés et ton chien,
pourquoi devrais-je m'embarquer avec toi ?
Carmelo, même tes créanciers gardent leurs distances,
pourquoi devrais-je m'approcher, moi ?

16

Autrefois, pour trouver des infirmiers, des infirmiers en chef de l'asile allaient frapper à la porte des curés de campagne et ils récupéraient tout un tas d'hommes costauds.

Ferdinando, tu étais paysan,
les premières années, tu traitais les patients comme des ânes ou des sacs de patates : tu les déplaçais ici et là.
Qui ne se souvient pas de la fois où Andrea sévissait dans le service, faisant peur à tout le monde avec ses cris et ses ruées le long des murs,
et tu l'as soulevé d'une main,
il se débattait comme un chevreau,
puis, en parlant d'autre chose,
tu l'as gardé sous le bras tout en faisant ton travail :
tu l'avais oublié.

Maintenant, après vingt ans tu es devenu
un fin psychologue : lorsqu'un nouveau patient arrive,
tu le saisis et tu comprends ce qui nous attend.
Je me soucie toujours d'avoir ton avis.

17

Tu ne bois plus et tu me critiques parce que je bois trop de vin : un verre par jour.
Mais n'était-ce pas toi qui buvais trois litres et puis qui errais en trébuchant dans les bars du centre historique ?

Je me souviens, tu me narguais alors parce que je ne buvais qu'un verre.
Donato, tu as changé toutes tes habitudes, sauf une : tu casses toujours les couilles.

18

Donato, à la fin de nos vies,
toi et moi aurons bu la même quantité de vin,
mais distribuée différemment.

19

Seringues.
Seringues espiègles, déjà chargées, cachées dans la poche,
en attendant que le patient se retourne.
Seringues championnes du monde, chargées en trois secondes, tandis que le patient envoie des coups de pied au collègue.
Seringues de braquage, qui piquent à travers le pantalon, à travers les bas résille déchirés.
Seringues tir ami, qui percent la main du collègue qui retient le patient.
Seringues magistrales, manipulées dans les règles de l'art, tandis que le patient surveille, suspicieux.
Seringues Van Gogh avec des solutions multicolores.
Seringues high tech de toutes les densités : liquides, grumeleuses, huileuses, gommeuses, goudronneuses.

Injections qui endorment, injections qui réveillent.
Bonnes injections à la mauvaise personne, mauvaises injections à la bonne personne.
Injections oubliées à la cuisine. C'était pour qui déjà ?
Injections rebondissantes, martelées, tremblantes, à coups de couteau.

Iena, écoute : si tu ne prends pas ces gouttes on doit te faire une injection.
Iena, on doit te faire une injection.
Iena, tu nous laisses faire ou pas ?

20

Ferdinando, tu es encore un peu sauvage,
du coup, quand tu portes la blouse blanche, tu dois faire un effort pour être gentil avec les patients, mais on voit bien que tu voudrais les étrangler dès qu'ils te menacent ou qu'ils te manquent de respect.
Tu luttes contre ta nature et aucun patient ou proche n'est jamais venu se plaindre,
c'est juste que tu as besoin, plusieurs fois par jour, de te retirer dans la cuisine pour jurer tes grands dieux :
bâtards ! Tous des bâtards, fumiers, sangsues, si j'avais fait pareil, alors que moi avec mon triple boulot, vivement les chambres à gaz !
Et c'est bon.
Un dernier « bâtards », puis tu ressors ton plus beau sourire et tu peux retourner travailler et te montrer patient pour gagner ta vie.

Hier, un interniste en consultation a protesté :
mais ce type est un nazi. Il faut le renvoyer ! Pourquoi est-il encore là ?
Enrico, tu ne le sais pas, mais c'est l'un de nos meilleurs infirmiers.

21

Vert-de-gris, ainsi nommé à cause de la couleur de ta peau,
mais on aurait pu t'appeler demi-lune
parce que tu es maigre et plein de cratères,
ou Nosferatu à cause de tes ongles longs et noirs,
ou couteau pour ton nez affilé,
ou doigts jaunes pour la cigarette toujours allumée
tenue dans le coin hautain de ta bouche.
Tu fais semblant d'être paralytique et tu circules dans un fauteuil roulant poussé par un garde du corps qu'on dit armé.
Tu détestes les femmes, certaines dans ta jeunesse t'ont probablement repoussé, et maintenant que tu as
la meilleure héroïne de la ville et qu'elles font la queue pour satisfaire tes envies tu peux profiter de ta vengeance.
Tu pourrais au moins te laver un peu.
Plus tu es dégueulasse, plus elles sont humiliées et plus tu jouis.

22

Quand on admet Carmelo, il faut le fouiller.
J'ai assisté à cette opération, menée par un infirmier pas
trop rusé :
l'infirmier le fait déshabiller et vérifie les vêtements ;
entre-temps, lui, tout nu, tient le sachet dans la main
avec le bras tendu vers le haut et il me fait de l'œil,
du regard j'indique la main à l'infirmier.
Ouvre la main ! il lui demande, et il passe le sachet
d'une main à l'autre : il est tordu au point d'avoir deux
mains.
Ouvre les deux mains ! Mais il tousse, portant la main
à la bouche.
Ouvre la bouche ! Il l'ouvre, mais il touche ses cheveux
et pose le sachet sur sa tête, il le maintient en plissant
le front vers le haut. Et il me fait encore un clin d'œil.
Relâche ton front ! ordonne l'infirmier.
Il fait tomber le sachet en arrière et il met le pied dessus.

Qu'on en finisse, je m'en occupe :
je sors dans une demi-heure.

23

Rufo, dans le Service 77, on voit la photo de ton mariage
sur le bureau, on frôle tes stylos, on déplace
ton parapluie, on caresse ton fauteuil,
mais toi, où es-tu ?
Au travail on te perçoit, on te nomme, on se souvient
de toi, on t'évoque, on te désire, on t'appelle,

on t'invoque, on te supplie, on t'implore,
mais on ne te voit pas.

Maintenant fais attention, Giulia, on révise.
Un patient jure avoir vu Rufo aujourd'hui même au bout de son lit : ça s'appelle une hallucination.
La patiente qui l'aime jure l'avoir vu flotter à la cuisine :
ça s'appelle une vision.
Un Alzheimer jure lui avoir parlé il y a peu :
ça s'appelle une confabulation.
Une patiente privée a appelé en espérant le trouver ici :
ça s'appelle une illusion.
Giorgio le schizophrène affirme qu'il est à l'étage du dessus et qu'il nous espionne : ça s'appelle un délire.
Moi-même j'ai eu l'impression de le voir il y a un instant dans le couloir : ça s'appelle un déjà-vu.
Rufo, ton absence incombe et rend ton image plus grande.
Ici à Ithaque, on attend Ulysse.

24

Tito, tu me demandes de te remplacer sur une garde :
Fais-le pour moi, je suis ton ami.
Si je te demande d'échanger une garde, tu me dis :
Ne me demande pas ça, on est amis.
Tito, ton amitié je la paye deux fois, toi, même pas une.

25

Marcello, quand tu trouves un patient qui parle de lui par acronymes :
J'ai un TOC et un TP soigné en CMP avec ATC et BZD, il n'y a rien à faire.

26

Pour quelle raison j'aime vivre face à la mer ?
Loin de la mer les casse-pieds se trouvent à trois cent soixante degrés.
Face à la mer seulement à cent quatre-vingts degrés.
Le reste n'est que de l'eau.

27

L'overdose est un train nocturne qui passe, rapide.
Carmelo, quand tu es passé
je ne t'ai pas vu à la fenêtre.
Simplement, le jour d'après tu n'étais plus là.
De toi je retiens le regard vif,
la cigarette aspirée profondément,
les chaussures pointues.
Je ne retiens pas un mot, une pensée, un affect :
rien de ce que tu m'as dit n'était vrai.
À la fin, personne ne t'a accompagné à la gare, personne ne t'a aidé à charger les bagages.
Tout est resté immobile, tandis que le train entrait dans le tunnel.

28

Comment la prochaine vague sera-t-elle ?
Plus grande, plus puissante que la précédente ?
Et tu paries, tu l'attends, tu la regardes.
Toutes pareilles, toutes différentes.
Ce jeu peut continuer à l'infini,
le grand métronome ne s'épuise jamais.
Mais il me suffit, pour repartir, d'avoir oublié
pourquoi j'étais venu.

29

Mon cousin est anxieux, qu'est-ce qu'il doit prendre ?
Mon cousin prend de l'Ativan, c'est bon ?
Mon cousin ne dort pas la nuit, qu'est-ce qu'il peut faire ?
Riccardo, je ne peux pas te soigner par personne interposée.
Pendant toutes ces années, on a déjà collé sur le dos de ton cousin une femme, des enfants, un travail, des dettes, des maladies et même une maîtresse, pour justifier ses angoisses,
mais ce cousin n'existe pas.
J'en ai marre de soigner des cousins de chirurgiens.

30

Lino, fin comme un roseau, tatoué comme une fresque, il ne te reste que quelques dents mais la malice brille encore au fond de tes yeux.

Tu as appris à te contenter de peu, tu passes léger comme un fantôme, tu observes et tu restes silencieux : pourtant autrefois tu as été un grand toxicomane, seigneur des ruelles, roi de l'héroïne, furie de la prison et du service de psychiatrie.
Tu as survécu aux drogues, aux coups et même à la folie.
Tu as échappé au massacre du sida :
sauvé mille fois par les infectiologues
– soldats au front des années durant –
aucun d'eux n'a reculé et ils ont enfin gagné.

Lino, maintenant que tu passes ton temps à caresser les chats
et que ton regard est devenu presque sage,
maintenant que le volcan s'est éteint, dis-moi :
quel sens cela a-t-il eu ? Qu'as-tu appris ?
Qu'as-tu à dire sur le monde,
toi, qui as vécu si convulsivement
et dont le pas est si léger sur la terre ?

31

Je viens d'attacher un homme ivre et agressif de cent kilos, quand le médecin des urgences se pointe :
il y a une autre patiente à voir, en faisant signe
de la tête pour indiquer la chambre d'à côté.
Et là, je commets une erreur : au lieu de me ressaisir,
quand j'entre je suis encore en nage, essoufflé et mes yeux sont rouges.
Toi, qui viens d'écouter les cris, les injures, les lits déplacés et les coups dans le mur,

tu me regardes terrifiée et tu te réfugies au fond de la chambre.

Notre première rencontre, Ines.
Mais c'est ça qui est beau dans ce métier :
on passe de la tauromachie
à un papillon qui, léger, vole et se pose sur ta main.

32

Le Service 77 est un service fermé.
Quand un nouveau médecin arrive, on lui met un trousseau de clés sous le nez et on lui explique : ceci est le pouvoir.
Moi-même, quand j'ai eu les clés, j'ai juré de respecter les règles :
lorsque j'ouvre une porte, je dois me souvenir de la fermer derrière moi, toujours,
je ne dois pas laisser les clés sur les tables et les bureaux,
je ne dois pas laisser les clés accrochées aux portes,
grave erreur,
je ne dois pas perdre les clés, sous peine de déshonneur et de ricanements,
je ne dois pas oublier les clés chez moi,
je ne dois prêter les clés à personne.

Étant donné que je suis étourdi, je me trompe toujours, deux ou trois fois par jour, les patients me ramènent les clés que j'ai oubliées je ne sais où :
prenez ça, docteur, ils me disent tout bas,

à l'abri des regards de mes collègues qui me feraient des reproches.

33

Quelle que soit la tension qu'on subit au travail,
le léger poids des clés suffit à nous rassurer.
On passe son temps à caresser la poche où elles reposent.
Si tu ne sens pas ce poids, tu t'inquiètes,
tu n'es pas vraiment en cage, mais les collègues te laissent attendre dix minutes avant d'ouvrir n'importe quelle porte.

Je prends les clés, j'ouvre la porte. Je passe, je la referme derrière moi : j'ai oublié quelque chose.
Je reprends les clés, je rouvre la porte. Je passe. Je la ferme derrière moi : je prends ce que j'avais oublié.
Je reprends les clés, je rouvre la porte. Je passe, je la ferme derrière moi : le téléphone sonne dans la pièce.
Je reprends les clés… Voilà ma journée.
Je rêve d'un Service 77 sans clés, ou tout simplement avec des portes automatiques.
En attendant les patients me disent : vous avez de la chance parce que vous avez les clés.
Oui, j'ai les clés, mais je suis toujours là.

34

Ton père est venu ivre aux urgences, Lucrezia,
il m'a hurlé que c'est de ma faute si tu t'es tuée

et il m'a juré, en serrant les poings,
que tôt ou tard il me le fera payer.

Ta mère est venue aux urgences en pleurant,
elle m'a remercié pour tout ce que j'ai fait pour toi,
elle allait presque m'embrasser,
après elle a dit qu'elle ne pourra jamais assez me remercier.
Puis elle a ouvert une boîte de laiton et m'a montré un petit soldat de plomb à cheval, ma vieille montre, une paire de lunettes que j'avais tellement cherchée, et un trousseau complet de clés du service : quinze clés.
Elle m'a dit : c'était dans le placard de Lucrezia.
Docteur, c'est à vous ?

Jamais vu, madame. Ce sont les affaires de Lucrezia.

35

Les clés servent à enfermer la folie
à l'intérieur du Service 77
quand on rentre à la maison.

36

Maintenant tu n'es plus là pour m'appeler, Lucrezia,
mais je me réveille quand même.
Ton père a raison.
Pourquoi il y a deux mois je t'ai supprimé le lithium ?
Personne ne le sait.

Depuis six mois tu me le demandais, mais pourquoi l'ai-je fait ?
Personne ne le sait. Mais toi et moi, si.

37

La dernière fois que je t'ai vue dans le service,
savais-tu déjà ce que tu allais faire ?
Es-tu passée exprès pour nous dire au revoir ?
T'ai-je dit au revoir quand tu es partie ? Je ne sais plus.
Au moins un mot de départ.

Oui, je t'ai fait un signe de la main.
Mais pourquoi ai-je eu à ce moment l'impression que ça pouvait être la dernière fois ?
Mais était-ce bien cela ?
Et si c'était cela
pourquoi ne t'ai-je pas rattrapée, arrêtée, parlé ?

Si je me réveille encore une fois, je ne réponds plus de moi.

VI

Si ce n'était pas toi, si ce n'était pas moi

1

Qui es-tu qui soulèves la poussière de mon paillasson pour la première fois
et qui entres à pas prudents dans la pièce à la glycine ?
Qui es-tu qui effleures du regard mes livres ?
Qui es-tu qui t'assieds en soupirant dans mon fauteuil
et qui lèves à l'instant les cils sur mon visage ?
Je sais seulement que tu t'appelles Chiara.

2

Sur le pas de la porte mes yeux, malgré moi, t'ont demandé : qui es-tu ?
Les tiens, malgré toi, ont indiqué la pluie à la fenêtre.
On s'est présentés avec des paroles de circonstance.
Ce n'était pas nécessaire.
On était déjà complices, moi et ta tristesse.

3

Chiara, tu es comme une petite plante dans un pot.
Tu es séparée, tu vis avec tes jeunes enfants :
si un homme ne te donne pas un peu d'eau et d'attention,
tu es asséchée, la tête repliée et les feuilles tombantes
– même si tu essayes de secouer tes plumes –
mais s'il fait gris, quelques gouttes te suffisent,
un compliment en passant,
tandis que quelques parapluies s'ouvrent dans le vent,
et tu lèves ta tête menue
tu déploies tes pétales
tes feuilles respirent
et tu viens me voir les yeux limpides,
anxieuse de savoir
si le monde est encore beau.

4

Tu es venue me voir pour empêcher la tristesse de
détourner ton attention
tu dois prendre soin de tes enfants,
tu ne veux pas qu'ils te voient malheureuse.
J'y crois et je te dis : tu peux y arriver.
Ça demande juste un peu plus d'effort.

5

La journée se passe, d'un devoir à l'autre
pour les femmes qui arrivent, haletantes,
dans la pièce à la glycine.

Sonne la sirène de l'usine,
sonne la cloche du couvent,
sonne le carillon de la prison.

Moi aussi il y a des années que j'ai quitté le seuil de la liberté.
Mais depuis quelque temps, l'air est plus léger,
des chiens aboient,
ça bouge autour et le soir le coucher du soleil est placide,
la lumière reste un peu :
peut-être est-ce encore tôt, peut-être que je me trompe
mais je sens que la peine est presque terminée.
D'un moment à l'autre, j'attends le grincement du verrou qui tourne.

6

C'est le jour et je travaille à l'hôpital.
C'est la nuit et je travaille à l'hôpital.
Il pleut et je suis à l'hôpital.
Il neige et je suis à l'hôpital.
Il fait beau et je suis à l'hôpital.
Dehors il n'y a personne, ils sont tous à la mer et je suis à l'hôpital.
Dehors c'est étrange, ça sent l'attente et je suis à l'hôpital.
Dehors il y a le G8 et je suis à l'hôpital.
Dehors on tire et je suis à l'hôpital.
La ville brûle et je suis à l'hôpital.
Une bombe atomique explose dans le port et je suis à l'hôpital.

Les extra-terrestres descendent sur Carignano par de
longues cordes et je suis à l'hôpital.
Dehors les cavaliers de l'Apocalypse galopent, leurs épées
aiguisées à ras de terre, et je suis à l'hôpital.
Dehors s'achève le Jugement dernier, Dieu décampe,
on éteint les dernières lumières de l'Univers,
et je suis à l'hôpital.

7

C'est bien moi, je me suis coupé la barbe ce matin !
Je n'ai pas remplacé Milone dans la nuit,
je ne l'ai pas tué puis mangé
Filippo, c'est moi.
Pour que la barbe repousse il faudra bien vingt jours,
comment vais-je travailler maintenant ?

8

Et tandis que je suis là, à monter et descendre ces escaliers d'hôpital,
pour expier une faute insondable,
j'entends sonner les sirènes :
les bateaux partent du port direction l'Amérique du Sud,
les bateaux partent du port direction l'Afrique.

9

Tu me dis que pour toi le bonheur est étroit,
la tristesse dispose de mille pièces,

stérile le bonheur, fertile la tristesse,
grossier le bonheur, distinguée la tristesse,
triste le bonheur, réconfortante la tristesse,
insensé le bonheur, judicieuse la tristesse,
éphémère le bonheur, fidèle la tristesse.
Tu t'arrêtes et tu me regardes :
tu as peur que je ne te comprenne pas.
Chiara, je pourrais multiplier la liste par mille.

10

Elle sautille entre les pierres de la *creuza* dévalant les collines, débouche sur corso Firenze et descend comme un fleuve jusqu'à l'esplanade de Castelletto, et là, dans le lac, elle s'apaise un instant.
Elle est aspirée par la pente raide direction piazza della Meridiana,
tumultueuse, entraînant avec elle tout objet roulant,
elle jaillit dans le centre historique,
elle rebondit sur les marches en marbre de la petite place,
elle se retourne sur elle-même, hésitante,
puis, rapide, elle se précipite vico Quattro Canti
entre rideaux de fer baissés et chiens au regard perdu,
là elle rejoint l'eau qui coule d'autres *creuze* et d'autres ruisseaux
et celle qui dégorge des caniveaux
et celle qui crépite des chéneaux et des gouttières,
elle parcourt, inexorable, vico Posta Vecchia, se canalise vers la Loggia dei Banchi, l'église de San Pietro s'y reflète et finalement elle surgit dans l'immensité de piazza Caricamento.

Ici elle s'étend et s'étale, lente comme le destin, jusqu'au bord du parvis en pierre et, dans une douce petite cascade,
tombe dans l'immense bassin portuaire, où elle se calme, se dissout
et se mêle à celles de millions d'années passées.

La mer les accueille toutes, les larmes du monde.

11

Filippo, tu es persuadé que la fin du monde est proche.
Tu as tout rangé et tu m'observes d'un regard triste qui dit : je suis désolé, on va mourir.

Filippo, je suis là et je pense à mon estomac et à mes pieds gelés.
On déborde d'idées graves.

12

Connaître quelqu'un implique des devoirs.
Mieux vaut ne connaître personne.

13

Andrea, tu es nu et immobile, sans défense,
raillé au travail, raillé par les autres,

pour donner à ta famille l'argent des repas.
Où est passé ton amour-propre ?
Et la pudeur, la tendresse, les pleurs ?
Tout cela gît dans des lacs souterrains, dont personne n'a l'accès
où parfois, veillant à être seul,
tu descends lentement le soir te baigner
avec des mouvements doux et silencieux.

Je ne vais pas chercher à connaître tes chemins secrets,
je ne vais pas chercher à savoir comment renaît le lien avec toi-même,
mais je voudrais tant connaître la source du sacré
d'où surgit l'eau qui se répand
et bénit le bois et la montagne
et le ciel, et chacun de nous.

14

Tu sais croiser les jambes naturellement comme le vent qui décoiffe.
Je ne dirai rien de ton sourire,
de tes yeux foncés,
ou de la manière dont, parfois,
tu courbes ton dos à l'infini.
Admirer sans toucher, Chiara. Je sais bien.
Mais alors pourquoi à la fin de la séance
mes cheveux sont ébouriffés
comme si ta main était passée sur ma tête ?

15

Tu t'assieds et ton corps s'assied avec toi,
et reste assis au milieu de la pièce,
dans l'attente impatiente qu'on épuise les mots.
Sans le montrer, tu gardes ton corps le plus possible éloigné de moi : que je ne sois pas distrait.
Je sens aussi mon corps. Il s'agite.
On continue de parler, indifférents, comme si ton corps et le mien n'existaient pas.

Mais ton corps est une jument au milieu de la pièce,
le mien est un cheval noir.
Noli me tangere.
Mais les chevaux ne comprennent pas le latin.

16

Je traverse lentement le portail à bord de ma Vespa et j'avance dans la grande allée arborée, je suis dans le plus beau quartier de la ville, à deux pas de la mer.
Devant moi : des pavillons, des cours intérieures, des passages aériens.
J'entre prendre les clés de la voiture de service : sols en marbre, salles infinies, plafonds très hauts, verrières, lumière.
À chaque fois que je traverse ces prés, que je touche ces murs, je pense : j'aimerais habiter ici.
Puis je me retiens : c'est l'ancien asile de Quarto !

La voilà, la vieille Panda blanche. Sur le siège, restes de chewing-gum, j'entre, je tourne la clé en retenant mon souffle : elle démarre du premier coup. Elle est étroite, inconfortable, le volant caoutchouteux, l'embrayage dur mais mobile. Je viens te chercher, Filippo. Le voyage commence, Vittorio et moi t'emmenons en communauté.

17

Filippo, tu as besoin de frontières plus que d'oxygène, parce que l'identité est une frontière.
Et c'est ainsi pour moi, qui suis anarchiste par nature, je suis obligé d'ériger des parois.
D'abord à l'intérieur de toi, comme des pièces dans une maison. Puis entre toi et l'extérieur de toi.
Et que ce soient des murs bien épais, bien hauts.
On la cherchera plus tard, la liberté d'abattre les murs.

18

On fait demi-tour et on retourne le chercher ? je propose.
Je pensais la même chose, avoue Vittorio.
On a laissé Filippo dans une communauté à la montagne,
perdue entre pins et châtaigniers.
On est repartis en Panda depuis cinq minutes, et on regrette déjà.
Dans ce genre d'endroit je deviendrais fou en quatre jours.

Moi, en deux.
Qu'est-ce qu'on fait ?
Espérons que Filippo se mette en colère et qu'il casse tout, comme ça on le reprend dans le Service 77. Après, on le cache.

19

Peut-on mesurer la peur de la mort ? Bien sûr.
Le plus simple c'est de compter le kilométrage moyen journalier.
On calcule en divisant les kilomètres qu'on parcourt en un an, voiture, trains et avions inclus, par 365.
Le mien est de 80 km par jour.
Rufo, avec tous les colloques auxquels il se rend, dépasse le 500 km par jour.

La mort, on le sait, commence à marcher derrière nous quand on naît et nous suit toute la vie,
Jusqu'à ce qu'un jour elle nous atteigne et nous touche l'épaule. Légère.

Or, si on met beaucoup de kilomètres entre soi et la mort, ça signifie qu'on a la trouille.
Mais la faucheuse est une marcheuse méthodique et infatigable.
Elle réduit toujours la distance.

20

Quand ma mère tardait à rentrer, mon père marmonnait : Maria a dû tomber sur un cortège funèbre.
Elle était comme ça : elle ne résistait pas aux enterrements.
Quelque chose que j'ai dû prendre de ma mère.
Quand je tombe sur un cortège funèbre, je sens que les muscles de mes jambes sont attirés par là, je sens les larmes monter et des mots de réconfort me venir aux lèvres,
et je dois me forcer pour poursuivre mon chemin.

21

On voit que tu ne t'es pas encore aperçu que tu es là.
Tu ne t'es pas aperçu que tu vis,
dans un espace déterminé qui s'appelle *Terre*,
pour un temps déterminé qui s'appelle *vie*,
entre les frontières déterminées de ton corps,
avec un patrimoine limité qui s'appelle *je*.
Mais on ne peut pas te réveiller en un claquement de doigts.

Au fond, Filippo, quelle importance ?
Personne ne s'en aperçoit jamais.

22

Filippo, toi qui as réussi à passer de l'autre côté,
et maintenant tu n'es que griffures, saleté, sueur,
dis-moi comment c'était là-bas.

Là-bas où il n'y a pas de raison.
J'étudie les grandes cartes de la frontière.
Par quels chemins cachés, par quels cols, gorges, précipices, as-tu pu passer ?
Dis-moi comment c'est là-bas.

23

Anna, au petit déjeuner tu ouvres le frigo et tu hurles : il n'y a pas de lait !
Après je vais à l'hôpital et je n'arrive pas à comprendre les personnes qui veulent se suicider,
tellement je suis troublé par ta colère, parce que je n'avais pas acheté le lait.

24

Gloria, aujourd'hui en consultation tu es mal à l'aise, tu évoques, tu suggères,
tu me fais comprendre que tu ressens de l'amour pour moi.
Situation délicate : quand on parle de certains sujets on s'y prend mal.
Je ne peux pas repousser ton affection pour ne pas t'humilier,
je ne peux pas l'apprécier pour ne pas créer d'illusions,
je ne peux pas l'ignorer pour ne pas te mépriser.
Je suis coincé.
Tu dédramatises la première, en disant :
c'est normal, ça arrive : c'est le transfert amoureux.

La culture ! Nommer les choses c'est les tuer. Ainsi soit-il.
Une drôle de tristesse demeure dans l'air.
Et mes nombreuses inquiétudes.

25

Ça fait trois ans et tu me manques encore, Lucrezia.
À chaque fois que je suis dans le pétrin,
et que mille âpres raisons me tiraillent de tous les côtés,
je cherche en vain autour de moi tes yeux clairs.

26

Anna, un moustique te pique sous les draps,
tu fais tellement de bruit que tu réveilles le chien des voisins,
qui réveille les chiens du pâté de maison.
Puissance d'un moustique : il a réveillé un quartier entier.

27

Chiara, tu te sens seule.
Août, la vallée tout entière est en amour.
Ça ne sert à rien de fermer les yeux, de te boucher le nez, les oreilles. Éblouissant est l'été.
Tu ne sais pas où aller.
La soif de vie du monde te tue.

28

Les dépressifs emploient le passé composé :
je me suis trompé, je n'y suis pas arrivé…
ou bien le présent mais avec un profond lien au passé :
je suis coupable, je suis un raté.
Les euphoriques emploient l'impératif : viens, fais, achète, et aussi le futur : on fêtera, on gagnera, on se verra.
Les schizophrènes se trompent sur toute la ligne : ils disent je suis au lieu de j'étais, je serai, je serais, si j'étais.
Les caractériels, toujours à l'impératif : écris, donne-moi, écoute-moi, obéis.
Les névrosés sont des personnes délicieuses qui emploient le conditionnel : je pourrais, vous seriez si gentil…
ou formulent des hypothèses : si c'était possible, si j'étais sûr de ne pas vous déranger…
Giulia, fais attention avec les personnes parlant au plus-que-parfait : si j'avais été, si j'avais eu.
Il n'y a pas pire qu'elles.

29

À chaque déception de la vie, tu te réfugies dans ton jardin secret, bâti durant ces années de peine et d'attentions.
Vilaine est la vie, ton jardin a mille roses. Il y a un verger qui a été planté l'année du départ de ton mari,
il y a un potager d'herbes aromatiques cultivé depuis le printemps où tu as perdu ton travail
et il y a les citronniers plantés quand ta sœur s'en est allée, hors saison, ils ont bien poussé quand même.

Tu n'as jamais parlé à personne de ton jardin secret.
Même pas à moi. Mais c'est là que tu vas quand tu ne m'écoutes pas.
J'en suis certain : je sens son parfum.
Comme j'aimerais entrer et regarder, Chiara. Et en effet je m'approche, mais tu me laisses en dehors de la grille, tu me jettes des pierres.

30

À l'intérieur de toi, il y a un ciel où courent des nuages, même quand le soleil brille dehors.
Je me souviens qu'il pleuvait comme ça sur le visage de ma mère : il pleuvait, il pleuvait et l'eau montait à la porte.
Mais papa, avec ses baromètres, se bornait à dire : il ne pleut pas.
Maintenant, je n'ai plus peur du déluge et je reste tranquillement assis ici, alors qu'à l'intérieur de toi la pluie tombe en averses depuis des jours.
Aujourd'hui, il grêle.
Tu as perdu les demi-saisons, Chiara :
c'est le feu ou la glace.

31

Je vais voir Filippo à la communauté thérapeutique trois mois après son arrivée.
Cette fois-ci je prends l'autoroute, ensuite je me perds dans les bois et je continue à rouler dans tous le sens entre une montagne et une autre.

Filippo est content de me voir, il a l'air plus costaud, il a les joues rouges et de la corne sur les mains.

Je le regarde et j'observe tout autour. Et je me demande :
Quelle réhabilitation ? Qu'est-ce qu'il peut apprendre ?
Il peut apprendre à faire la différence entre le papillon Machaon et le Petit Sylvain.
À faire la différence entre les habitudes des fourmis noires et des fourmis rouges.
À faire la différence entre tramontane et libeccio.
À faire la différence entre Sirius et Aldébaran.

Et pendant le long hiver ?
Il peut apprendre les sept types de neige.
Il peut analyser les traces du sanglier, du lièvre et du renard.
Il peut apprendre à préparer le granité avec les glaçons et le citron.

Tout ça est merveilleux et utile dans la vie si après on devient chasseur dans le Montana,
mais toujours est-il que tu risques d'oublier comment on fait d'autres choses.
Comme entrer dans une boutique acheter le pain.
Prendre l'ascenseur.
Saluer quelqu'un dans la rue.

Filippo, quand il sortira d'ici et rentrera en ville,
au premier carrefour,
il risquera de se faire renverser.

32

La psychiatrie est à quatre-vingts pour cent une prise de position éthique.
Le vingt pour cent restant est un rude travail.

33

Je t'accompagne et j'ouvre la porte
pour te faire sortir.
Tu as déjà un pied sur le seuil,
quand tu te retournes pour me saluer.

J'accueille jusqu'au dernier parfum de toi, car l'hiver arrive.

Tu sors.

34

Si tu n'étais pas un cas sévère…
si tu n'étais pas bipolaire…
si je n'étais pas ton soignant…
si je t'avais connue, dans une boutique, dans la rue, à la mer, dans un autre monde…
peut-être…

Chiara, si ce n'était pas toi, si ce n'était pas moi.

35

Ma femme s'en est aperçue avant moi.
Paolo, comment ça se fait que tous les mercredis tu changes de chaussures, de pantalon, et tu te fais beau ?

36

Après tant d'entretiens dans la pièce à la glycine,
tu es admise au Service 77 pour une mise au point des thérapies,
tu as une forte fièvre.
Là je devrais te dire : déshabille-toi, il faut que je t'ausculte.
Je me cache dans la cuisine comme un voleur et j'attends qu'un collègue passe pour lui lancer :
touche-la, toi.

37

Tu es venue en cachette me chercher,
tu voulais voir où j'habite,
comment est la route que j'emprunte chaque jour,
ce que mes yeux voient par la fenêtre.
Et, plus que tout, si les fleurs de mon jardin sont soignées.
Tu t'étais préparé une bonne excuse, au cas où je t'aurais croisée.

Peut-être espérais-tu me rencontrer : tu voulais que je comprenne, sans devoir le dire.

Peut-être craignais-tu de me rencontrer : tu n'étais pas sûre de la couleur de tes joues.
Peut-être craignais-tu encore plus de ne pas me rencontrer, tu aurais été déçue.

Peut-être n'es-tu même pas venue.

38

Voilà, ce sont les pas de Chiara : elle monte les marches, je me regarde dans le miroir, j'ajuste mes cheveux,
je frotte la pointe des chaussures contre mon pantalon.
Ce sont des choses que je ne fais jamais.

39

La première fois que ça t'arrive, tu t'étonnes :
suis-je tombé amoureux d'une patiente ?
Je pense à elle, elle me plaît, je la désire…

Si je suis amoureux c'est un gros problème : l'avoir m'intéresse plus que la soigner. Mais quelle importance : si nous nous aimons, l'amour soignera toutes ses blessures. Est-ce vraiment le cas ? Je devrai l'abandonner en tant que médecin et la retrouver en tant qu'homme, mais si je la laisse en tant que patiente, serons-nous encore amoureux ? Peut-être nous regarderons-nous en nous demandant : qui es-tu ?

Voilà : maintenant non seulement je suis amoureux et je la désire, mais en plus je deviens con.

40

Mais se rend-elle compte de mon embarras ?
C'est évident.
Elle est une machine de guerre qui comprend tout de deux manières :
parce qu'elle va mal et parce qu'elle est une femme.
Elle s'assied devant moi et bouge une fesse sur le petit fauteuil, elle bouge une joue, bat des cils : trop de mouvements !
Mon cœur et mon souffle s'accélèrent.
Pourquoi elle fait comme si de rien n'était ?

41

Heureux sont les psychanalystes qui se cachent derrière vos épaules.
Ils peuvent rougir, pleurer, bâiller,
et s'ils le veulent, ils peuvent même dormir.
Tandis que nous nous battons au grand jour.

Si je renais, je serai psychanalyste.

42

Je t'ai accompagnée à la sortie et j'ai ouvert la porte du cabinet.
Tu t'es arrêtée au seuil du monde grand ouvert.
Trop de lumière a noyé tes yeux.
Trop de bruit a envahi tes oreilles.
Trop de chaleur a saisi ta peau.
Tu as flotté un instant en arrière, vers l'ombre et le silence.
Tu m'as souri. *Pas possible. Pas possible.*
Tu as flotté cette fois en avant.
Tu es sortie.

43

Si je te traite avec rudesse, tu pleures :
c'est ce que j'ai toujours eu dans la vie.
Si je te traite avec courtoisie, tu pleures :
c'est ce que je n'ai jamais eu dans la vie.
Tina, tu pleures des deux côtés.

44

J'ai le plus de patients possible,
pour ne pas trop m'attacher.

45

Réveille-toi !
Mais tu ne bouges pas d'un pouce.

Ne me réveillez pas tant que la neige tombe.
Ne me réveillez pas tant que le froid gèle les arbres.
Ne me réveillez pas tant que le loup suit l'odeur de l'agneau.
Ne me réveillez pas tant que le rapace trace ses cercles dans le ciel.
Ne me réveillez pas tant que la justice est si épuisante qu'on jette l'éponge.
Ne me réveillez pas tant que la vérité ne se révèle pas toute seule.

Je pose ma main sur ton épaule et je te répète : réveille-toi.
Mais tu ne bouges pas d'un pouce.
Ton temps est encore à venir.

46

Marcello, quand on t'appelle aux urgences,
installe-toi près de la chambre du patient
et écoute.

Silence absolu : un dépressif.
Les dépressifs ne font aucun bruit avec leurs pieds et leurs mains, ils retiennent leur souffle, quelquefois ils pleurent doucement.

Il pourrait s'agir d'un névrosé, mais c'est une question de temps : le névrosé laissera échapper un petit bruit tôt ou tard.

Bruits continus, les plus variés, des pas, portes et fenêtres qui claquent, qu'on ouvre et puis qu'on ferme,
chaises déplacées et puis remises à leur place : c'est un euphorique.
Les euphoriques manipulent toujours le monde, pour l'améliorer, mais ils le trafiquent.
Pourtant ça pourrait être aussi un intoxiqué à la cocaïne ou à d'autres psychostimulants.

Sanglots et larmes en quantité, chaises traînées, gémissements : ce n'est pas un dépressif, mais un hystérique.
Souffle haletant et accéléré : crise d'angoisse
– pardon : crise de panique.

Démasquer les schizophrènes c'est plus compliqué, mais un claquement répété et rythmé peut suffire,
un charabia bizarre, un raclement de gorge excessif, un pet bruyant, une litanie obsédante.

Après il y a les bruits tristes :
une lamentation ininterrompue, incompréhensible, avec l'ajout de quelques cris, peut être la carte de visite d'un patient dément ou d'une déficience intellectuelle.

47

Bianca, depuis des mois tu tournes autour d'un nuage noir
tu te lances, tu t'arrêtes, tu recules, tu me regardes,
tu voudrais que je comprenne par moi-même, mais je ne comprends pas.
Aujourd'hui j'ai compris : une fois par semaine, l'après-midi, tu vas voir un homme qui te frappe jusqu'à ce qu'il atteigne l'orgasme.
Parfois ça prend du temps.

Quand on en parle, si je lève la voix ou prononce le mauvais mot, tu pleures,
j'essaie d'être le plus délicat possible,
mais je me trompe toujours de ton ou bien de regard ou de soupir
et tu finis par pleurer.
Moi, qui jamais ne lèverais la main sur toi, je te fais toujours pleurer.

48

La mer est comme ton chien.
Si tu t'approches, elle te lèche et saute sur toi.
Puis se met à jouer en faisant des allers-retours,
elle bondit partout.
Si tu lui lances un bout de bois, elle te le ramène.
Quand tu t'éloignes, elle n'arrête pas de remuer la queue
et de t'appeler en couinant.
Essaie de te sentir seul, avec une mer comme ça.

49

Elle est revenue à nouveau, sans que tu l'appelles,
elle est arrivée sans prévenir, sans coup de fil.
À nouveau, elle est entrée chez toi avec ses grosses chaussures pleines de boue.
Elle a regardé autour d'elle, remplie de mépris
et elle s'est assise en bout de table, jambes écartées,
elle a tapé des poings sur le comptoir et t'a commandé à manger.
Je crois que la Porsche restera garée pendant un moment.
Ta deuxième patronne est revenue, Emilio, la tristesse.

50

Lucrezia, aujourd'hui aux urgences j'ai rencontré une jeune fille de vingt ans
qui avait le même sourire narquois que toi.
Elle s'est mise à hurler et à tout casser.
tandis que moi, béat, j'admirais.
Je sors un : calme-toi ma fille ! tellement doux qu'elle a arrêté juste pour me dévisager, comme les infirmiers, étonnés.
Tous immobiles pour quelques instants.
Puis, c'est le chahut.
C'était toi.

Je l'ai hospitalisée et je l'ai suivie,
mais au moment de remplir le dossier j'ai renoncé.
J'ai demandé à Tito de s'en occuper.

51

Chiara, maintenant tu me regardes sereine et tu me dis : Docteur, ça me gêne de vous en parler, mais au point où on en est, entre nous…
À un moment je me suis demandé : tient-il à moi ? Oui, il tient à moi.
Puis, un peu plus tard : mais tient-il à moi ?
Il y a eu des fois où vous avez rougi alors je pensais : oui, il tient à moi.

Heureusement qu'on n'en a jamais discuté, qu'on n'a pas tout gâché.
Ensemble on a créé quelque chose.

52

Désormais je sais tout de toi, Chiara.
Tu m'as parlé de la mort de ta mère, de la maladie de ton père, de la fois où, enfant, on t'a touchée au cinéma et de la fois où on a abusé de toi, je sais pour les tromperies de ton mari, la peur pour tes enfants, les tensions avec ton chef et tes amours secrètes.
Je sais tout, Chiara.
Mais je ne sais pas quels biscuits tu manges le matin et comment tu te brosses les dents,
je ne sais pas comment tu ronfles la nuit et comment tu bouges dans le lit, je ne sais rien de ta mauvaise haleine et comment tu tortilles des pieds, je ne sais pas ce que tu dis quand tu fais l'amour et comment tu te

mords la langue, je ne sais pas comment tu marches
sous la pluie, comment tu caresses les chats,
je ne sais pas quel est ton regard quand tu t'arrêtes devant
les vitrines.
Chiara, je ne sais de toi que des choses sans importance.

53

Réveille-moi, avant de partir.
N'attends pas que la porte me réveille
en claquant derrière toi.
Ni le bruit de tes pas quand tu descends l'escalier
ni celui du portail qui se referme sur la rue.

54

Je sais que je ne te reverrai plus.
Et le pire c'est que c'est mieux comme ça.

VII

La Dame

1

Miriam, l'inconnue, c'est ta première admission.
À peine entrée dans le Service 77, tu fais cinq pas,
tu ouvres une porte au hasard,
un infirmier parle au téléphone, la fenêtre est ouverte,
et tu te lances dans le vide.
En dix secondes. Entrée et sortie.
L'infirmier est encore bouche bée.
Qui étais-tu, Miriam ?

2

Pourquoi l'a-t-elle fait ? me demande ta mère.
Je lui adresse un sourire qui dit tout et rien.
Au moins elle a arrêté de souffrir, poursuit-elle,
puis elle m'observe avec les yeux serrés et scrutateurs :
C'est pour ça qu'elle l'a fait, n'est-ce pas ?
Je fais un sourire qui veut dire oui et non.
On se sépare tristement.
Maintenant que je suis seul, c'est moi qui te le demande,
  Lucrezia : pourquoi as-tu fait ça ?

3

Quand j'étais jeune, une fois, un vieux psychiatre m'a dit : très rares sont ceux qui se suicident par volonté.
Je lui ai souri, mais au fond de moi j'ai pensé :
n'importe quoi ! Ce n'est pas possible.
Il a ajouté, pas dupe : tu t'en rendras compte tout seul.

4

Tu t'es jeté du quatrième étage, Elia.
C'est peut-être tes seize ans, la chance, la main de Dieu :
la mort s'est esquivée.
Là tu me regardes depuis le lit de réanimation, levant de grands yeux au-dessus de tes dix fractures,
et tu me demandes, sincèrement surpris : qui m'a poussé ?
Elia, il n'y a aucun doute : tu t'es poussé tout seul.
Mais tu n'as jamais eu de problèmes, tu te préparais pour l'école, comme tous les jours.
Qui m'a poussé ? tu demandes encore.
Maintenant on va se prendre quelques années, Elia, toi et moi, pour découvrir qui t'a poussé.

5

Je veux que vous m'appeliez immédiatement pour toutes les tentatives de suicide par précipitation.

L'infirmier en chef des urgences me regarde, sceptique :
vous voulez dire les survivants ?

Oui.
Même la nuit ?
Oui.
Même les jours fériés ?
Oui.
Même s'ils ne parlent pas ?
Oui. Je veux les voir dès qu'ils arrivent ici, mais attention, seulement ceux qui se jettent à partir du troisième étage.
Et pourquoi le troisième étage ?
Je veux être sûr qu'ils cherchaient vraiment à mourir.
Comment ça ?
Je ne suis pas certain qu'ils se jettent dans le vide volontairement.
Mais qu'est-ce que vous racontez ?
Puis il réfléchit un instant.
Milone, si contrairement à vos habitudes,
vous restez calme et tranquille dans un coin,
vous n'embêtez personne, vous ne touchez à rien…
alors pourquoi pas…
Marché conclu.

6

Ah, l'automne de cette année-là !
Sur Gênes souffla un vent,
un vent tel que les personnes se dressaient et tombaient une à une,
de cette ville en pente, pleine d'escaliers, murs, fenêtres face au ciel.

Et au printemps ce vent souffla aussi, et l'automne suivant, et l'année d'après encore.

Reste une chaussure sur le rebord de la fenêtre,
un mégot au pied d'une rambarde,
des lunettes sur le balcon.

7

J'ai commencé un jeu de cache-cache avec la Dame,
mais je dois faire attention : la mort est susceptible,
un claquement de doigts et elle me transforme en tueur de moi-même.
Le crime parfait.

8

Je te connaissais depuis des années, Ludovica, lorsque ce matin-là on t'a amenée aux urgences. Elle s'est jetée du cinquième étage, vous venez ? on m'annonce au téléphone.
J'arrive tout de suite : ils sont six autour de toi, ils finissent de couper tes vêtements avec les ciseaux. Il y a le chirurgien, le réanimateur et quatre infirmiers qui manient des fils et des tubes.
C'est un mur, je n'arrive pas à passer.
Milone, ne viens pas nous déranger, laisse-nous travailler. Reviens demain si tu veux jouer.
Demain elle sera sous médicaments,
le livre se referme,

je veux lui parler maintenant
et je pousse jusqu'à ce que la plus jeune des infirmières m'ouvre un passage.
Tu veux profiter du spectacle, Milone ? lance le chirurgien : le voilà.
Je garde les yeux ouverts, mais je voudrais les fermer.
Un vrai miracle : elle est vivante. Il doit y avoir vingt fractures, voyons les organes internes.
Tu es comme un sac enflé, noir, vraiment abîmée
mais, incroyable, tu es consciente et tu me reconnais !
Docteur, qu'est-ce qui s'est passé ? Tu arrives à peine à souffler.
Tu t'es jetée du cinquième étage, Ludovica.
Non, ce n'est pas possible. Docteur, ne les croyez pas...
Il y a cinq témoins, précise un policier près de nous.

Je me laisse tomber en arrière sur une chaise.
Milone, me demande le chirurgien, tu ne supportes pas les suicidaires manqués ?
Je ne supporte pas ce qu'ils disent.

9

On ne se suicide pas à cause d'une souffrance quantitativement plus importante – le suicide se produit
dans un état mental qualitativement différent.
Aucune fantaisie ni expérience des vivants ne peut aider à comprendre.

10

Lucrezia. Tu aurais dit toi aussi :
je ne voulais pas mourir ?
Peut-être n'a-t-il pas été question d'agir,
mais de cesser de résister.
À ta manière, tu as décidé.

11

Penser que le suicide est un acte volontaire sert seulement à nous rassurer : si je ne veux pas, je ne le fais pas.
Mais est-ce vrai ?

12

Pourquoi le suicide m'intéresse tant ?
Au bout de dix ans, j'ai senti soupirer dans le noir l'énorme chauve-souris.
Et la question : jeune homme, es-tu certain de vouloir poursuivre ?
J'ai arrêté de m'occuper de suicides.

13

Je le dis tout bas, pour que la Dame ne m'entende pas : en réalité, dans notre métier, il est toujours question de suicide.

14

Dans le dictionnaire c'est écrit : le suicide est un acte volontaire.

Les philosophes disent : le suicide est l'expression extrême de la liberté de l'homme.

Je suis psychiatre, pas philosophe :

tous ces volontaires ne viendront jamais me voir.

Pour beaucoup de psychiatres cliniciens, le suicide est la preuve extrême du manque de liberté de l'homme.

15

Un arrogant me demande l'hospitalisation en menaçant de se suicider, puis, face à mes réserves : que savez-vous de la douleur ? il remarque cinglant et amère.

Vous n'êtes pas un suicidaire, je dis. Vous n'en avez pas l'étoffe.

Mais comment osez-vous ! Vous savez que si je me tue vous allez passer au tribunal.

Pour moi vous pouvez sortir.

Laissez-moi parler avec le chef de service ! Je veux un autre psychiatre !

16

Livia, tu te balades en assurant que tu vas te tuer dans un an et que tu as décidé le jour, l'heure et la manière.

Je suis content : pendant un an, je suis tranquille.

17

Lisetta, tu te mets en colère si je ne dis pas les choses
que tu souhaites,
quand tu le souhaites,
sur le ton que tu souhaites,
avec l'intention que tu souhaites
et les pensées que tu souhaites.
Lisetta, ce n'est pas facile.

18

Dans bien des cas, dire qu'on se suicide par volonté
c'est la double peine.

19

Elles arrivent ensemble aux urgences comme la foudre
dans une nuit sans nuages.
Pinuccia me demande d'hospitaliser sa fille anorexique.
Sa fille, Giorgina, deux yeux sur un petit tas d'os, refuse
et me rit au nez.
Pinuccia insiste encore et me menace, comme si c'était
la première et la dernière chance de soin :
si vous n'hospitalisez pas ma fille, je vous dénonce aux
autorités.
Madame Pinuccia, après quinze ans d'attente inutile,
fallait-il vous décider à faire soigner de force votre fille
précisément à minuit, lors de ma garde de Noël ?

Giorgina crie : si vous m'hospitalisez je me suicide !
En retour, sa mère crie : si vous ne l'hospitalisez pas, je porte plainte !

Mesdames, calmez-vous : c'est la nuit de Noël.
Le plus simple c'est que vous rentriez chez vous en reprenant vos habitudes. Après, si ça vous plaît, vous pouvez venir refaire cette scène à minuit, le jour de l'An.
Mais réservez vos places, car il y a une file de gens qui veulent changer leur vie, cette nuit-là.

20

Si on veut briser un tabou au sujet du suicide, en voici un deuxième qui apparaît.
Le suicide a mille ruses, labyrinthes,
chaque suicide manqué est différent.
Comme un mirage, plus on s'en rapproche, plus il s'éloigne.

21

Marcello, parler de la mort est une chose obscène, tandis que le meurtre est un thème apprécié en société. Ça détend, ça rassure.
Ça donne l'illusion que c'est nous qui maîtrisons la mort.
Une fois le meurtrier arrêté, on ne meurt plus.
Rentrons tous tranquillement chez nous.

22

Finalement ce n'est pas vrai que le meurtrier maîtrise la mort.
Les meurtriers, comme les suicidaires, ne décident de rien.

23

Les gens tristes sortent peu de chez eux, et ils dépensent moins que les gens joyeux.
Pour la société de consommation, l'idéal c'est que tout le monde soit joyeux et personne ne soit triste.
La tristesse est un état d'esprit subversif.

24

La société de consommation n'a rien à dire à propos de la mort pour la simple raison que les morts ne consomment pas.

25

Avec Giorgio, il y a un accord informel.
Dès qu'il ressent l'impulsion de se suicider, il nous en informe et demande à être lié :
on ne rigole pas avec lui, il peut prendre de l'élan et foncer tête baissée contre le mur.
On le fait.

Une demi-heure plus tard, quand il va mieux, il demande à être détaché.
On le fait.
On est tranquilles, on le laisse tout seul, il ne pense plus au suicide.

Ils sont nombreux à être morts à cause d'une demi-heure. D'autres, pour moins que ça.
Ça s'appelle une crise suicidaire. Elle passe et s'en va.

26

Si celui qui se suicide n'est pas coupable,
comment pourrait l'être celui qui l'aime ?

27

Livia, tu t'en souviens ?
Pendant des mois, chaque matin, tu sortais pour ta promenade en traînant les pieds.
Les chiens et les chats dans la rue te reconnaissaient à ta démarche, et les lézards sur les murs,
et le gardien au portail le balai à la main.
Tu restais devant l'enfeu que tu t'étais acheté, à l'ombre du cyprès le plus haut, tu restais là et tu hésitais à te jeter dans la tombe, tu aurais été dans ton bon droit.
Tu t'obligeais à repartir seulement pour les enfants qui t'attendaient à la maison. Au retour
tu t'arrêtais cent fois regarder derrière toi, en soupirant.
Tu t'en souviens ?

Tu as choisi, au bout d'un mois d'essayages, ton habit de morte,
le blanc brodé,
tu l'as posé sur la chaise à côté du lit
et tu en réajustais chaque soir les petits plis,
après, tu es passée dire au revoir aux amis,
y compris moi.
Tu t'en souviens ?
Dès que je t'ai vue entrer, je t'ai prescrit l'antidépresseur.

Livia, comment peux-tu dire que tu n'en veux plus parce que tu as pris deux kilos !

28

Tu crains que les médicaments prennent possession de ton esprit
et pour ça tu les refuses.
Tu te trompes, Livia : c'est la dépression qui prend possession de ton esprit, les médicaments rendent la clé au propriétaire.

29

Adriano, tu m'expliques que la dépression rapproche du suicide, mais que la volonté est importante :
c'est l'homme qui donne ou pas son accord pour partir.

Comme le paysan donne ou non son accord à la rivière, quand il la voit monter et engloutir les champs, les bêtes, la maison et lui-même.

Plusieurs suicidaires sont des spectateurs muets.

30

Souvent on dit : il se tua dans un moment de lucidité.
Ne serait-ce pas plutôt : il se soigna dans un moment de lucidité ?
Drôle de lucidité que celle qui te tue.

31

L'une des nombreuses ruses propres au suicide :
certaines des personnes qui se tuent, vues ou entendues une heure plus tôt, n'étaient pas du tout dépressives.
Il arrive qu'une dépression même grave puisse s'installer en quelques minutes.
On commence à se raser en sifflotant, et quand on rince le rasoir on est déjà en train de regarder autour en pensant à la manière d'en finir.

L'imprévisible fait peur : on n'arrive même pas à le concevoir. Mieux vaut penser que c'est nous qui maîtrisons le suicide.

32

Lino, tu as été admis il y a dix jours, gardé à vue par plusieurs médecins et infirmiers,
J'y suis aussi,
mais tu sembles calme,
un soir, tu demandes à sortir te promener dans le couloir,
tu montes aux étages supérieurs, tu t'envoles.

Il est difficile de savoir si une personne est sur le point de se suicider, même pour des spécialistes :
personne ne peut prétendre pouvoir déceler ça.

Le contraire, heureusement, arrive aussi :
il arrive qu'aux urgences ou au dispensaire,
on parle avec un patient et, sans s'en apercevoir, on le sauve du suicide.
Il nous le dira, des années plus tard, nous croisant dans la rue
et il nous remerciera
et on se demandera :
qui est-il ? Qu'ai-je fait pour lui ?

33

Lorenzo, tu m'as appelé aujourd'hui aux urgences parce qu'il y avait deux patients qui se disputaient et dérangeaient les infirmiers.
Je suis venu jusque-là pour examiner, figure-toi, deux cons.

Aujourd'hui même, un monsieur, qui attendait tranquillement depuis trois heures dans ta salle d'attente, sans rien dire, s'est levé et s'est jeté du mur devant l'hôpital.
Lorenzo, ne m'appelle pas pour les patients qui lèvent la voix, appelle-moi pour les patients silencieux.

34

Après la réunion pour organiser les gardes et les congés, la tristesse me saisit :
Rufo, ce n'est pas parce que tu as mis en place tous les stratagèmes,
ce n'est pas parce que tu as menti.
C'est parce qu'on travaille ensemble depuis quinze ans,
et on le fera encore,
et je ne comprends pas comment tu peux renoncer à mon respect, ma confiance et mon amitié, juste pour gagner, par la ruse, deux après-midi et deux nuits de garde.
Et je me demande : si tu me traites comme ça, moi qui te vois tous les jours et qui suis ton collègue, comment traites-tu les patients aux urgences, que tu ne vois
qu'une fois dans ta vie ?

35

Les patients me mettent à dure épreuve, mais ceux
qui me donnent le coup de grâce, ce sont les collègues.

36

Franca, jeune médecin aux urgences, tu as
les yeux vifs et zélés de ceux qui travaillent depuis peu.
La salle d'attente est pleine, les infirmiers en colère, cris, bruits, mouvement, bousculades :
combien de temps te faudra-t-il pour apprendre le cynisme ?
À Gênes on dit : « il a bu l'eau de la meule », ce qui signifie : il a compris comment le monde tourne.

Entre-temps, aujourd'hui, en attendant mon patient,
je me suis assis à côté de toi,
à l'ombre de tes yeux,
me rafraîchir un peu.

37

Et ceux qui ont survécu aux cordes, aux armes à feu, aux substances létales ?
Pour comprendre, on doit leur parler, mais comment ?
Pour eux aussi il faut un filet et des années de patience.
Ils sont encore perdus, ou tellement vidés qu'ils ne distinguent pas l'être en vie de l'être mort.
Ils n'arrivent pas à raconter, mais pourquoi ?
J'ai été si stupide qu'il m'a fallu des années pour comprendre :
c'est le traumatisme induit par la précipitation qui réveille, pour quelque temps, de la psychose.
La personne sort de son état rêveur et elle s'émerveille, elle ne se reconnaît pas dans le suicide.

Une autre explication : la précipitation est un acte soudain, trois secondes, parfois un état psychotique même pas profond représente un élan suffisant,
il est donc plus facile d'en sortir.

Je préfère les précipités.
Ils regardent le monde avec des yeux étonnés et craintifs, comme si c'était la première fois :
ils veulent comprendre ce qui s'est passé.
Ils veulent te parler. Et se lient à toi. Et aux soins.

38

Tu marches affairé dans la rue, on ne peut pas te déranger : tu es accaparé par une question très sérieuse.
Laquelle ?
Tenir ton pantalon de tes deux mains.

Tu vas dans les magasins, tu achètes à manger, tu te tournes à droite, tu pivotes vers la gauche :
tu tiens ton pantalon avec deux doigts, avec trois autres tes sacs. Un vrai maître.
Je sais, Giulio : on t'a privé de ceinture à la première admission à l'asile pour éviter
que tu te pendes, mais ça fait trente ans ! Et depuis vingt ans tu vis seul en ville ! Et tu gères une société !

Pardon. Le passé est passé.
Davantage de retenue dans cette nouvelle vie.

39

Concernant la mort, peut-être plus que par la peur,
c'est par la curiosité qu'on arrive à voir ce qu'il y a de l'autre côté.
Je vais affronter la mort avec le courage de la commère.

40

Quand elle est arrivée devant moi, la Dame s'est arrêtée
et elle m'a soufflé au visage :
tu n'as plus de trains à rater,
tu n'as plus de rendez-vous à oublier,
tu n'as plus de vêtements à mal choisir,
tu n'as plus d'amours à décevoir,
tu n'as plus de piètres figures à éviter,
tu n'as plus de larmes à retenir,

maintenant tu es ce que tu étais en principe, avant ta naissance, un verre consigné.
Et cela m'appartient.
Je suis venue le récupérer.

41

Déjà deux morts cette nuit, et encore trois heures avant l'aube.
Des arrêts cardiaques chez des patients en fin de vie.
Je suis dans le service de médecine pour une consultation, sur le point de sortir,

je me retourne un instant pour regarder. Ce n'est pas fini. Un petit cri. Deux infirmières se cherchent dans le couloir : encore un ! Celle qui a crié montre la chambre.

Elles entrent. Quelques murmures de pitié et un mot doux tout bas. Puis elles sortent,

traînant les sabots, elles prennent les draps, elles entrent. Un gémissement.

(Peut-être à cause du corps de cire, jaune sous le néon ?)

Chuchotements, tables de chevet déplacées, un objet qui tombe au sol.

(Le nettoient-elles ?)

Une infirmière traverse le couloir avec deux flacons vides de perfusion, elle entre dans une autre chambre. Silence. Elle réapparaît, elle traverse le couloir.

Battement et froissement de draps.

(Le corps vide est une carapace obscène, le couvrent-elles ?)

Encore des pas, une réplique, un petit rire aigu.

On le met où ? Avec les autres ?

Coups sourds et métalliques, piétinement.

Le lit avec le corps passe par la porte, poussé par une infirmière.

L'autre suit avec des sacs.

Elles parcourent le couloir jusqu'au bout, une porte s'ouvre, elles poussent le lit de l'autre côté avec les sacs dessus, elles referment.

À présent les infirmières se dirigent vers moi en marmonnant : elles parlent de ce qu'elles feront demain.

Elles vont dans la cuisine, un téléphone sonne, elles répondent, le gargouillement de la machine à café,

plus rien.

42

L'heure du loup va de deux heures à quatre heures du matin.
Il y a dans cet intervalle une tension étrange dans l'air,
c'est le moment où meurent les patients à l'hôpital.
C'est un temps vide, inhabité, qui n'appartient pas aux humains.
Les derniers noctambules sont déjà rentrés, et les premiers lève-tôt ne sont pas encore réveillés.
Ceux qui travaillent la nuit ralentissent, s'éloignent d'eux-mêmes, baissent la garde de la conscience. Une personne fragile dirait que des présences bizarres se meuvent. Frôlements, rappels, rafales de vent.

De mon côté, je n'ai pas besoin de tant de subtilités :
quand la nuit je marche dans les couloirs de l'hôpital, je croise la Mort qui montre son visage.
À cette heure-là elle ne rase pas les murs, elle se promène d'un pas assuré.
On est à l'étroit à deux dans l'ascenseur, elle regarde
droit devant, je regarde vers le bas, on ne parle pas.
Elle sort la première et se met à renifler tous les lits.
Médecins et infirmiers la repoussent à coups de pied, elle s'écarte un instant et elle revient tout de suite à la charge.
La Mort n'apparaît pas subitement,
ne descend pas du ciel avec son épée scintillante :
c'est un animal errant qui fouille à tes pieds,
si tu ne la chasses pas elle mord ;
une fois qu'elle t'a flairé, elle ne te lâche plus.

43

Quel est le bon moment pour mourir ?
Plus tard.

44

C'est génial, quand chaque infirmier a son mot à dire sur la manière dont il voudrait voir mourir, ou tuer,
le patient le plus odieux du service.
Par balle, pendu, coup de couteau, empoisonné,
étouffé, brûlé, écartelé.
L'ambiance se détend tandis que le café monte.
Empalé, électrocuté, écrasé, précipité, noyé, bouilli, dévoré.
On dispose les tasses sur la nappe et on sort le sucre de sa cachette.
Violé, décortiqué, éclaté, lapidé, égorgé, déchiré, écrabouillé.
Une fois leur café bu, les infirmiers des deux gardes se saluent, une garde part, une garde reste.

Recraché.

45

Giulia, les concepts les plus difficiles à comprendre dans la vie sont ceux du *Je* et du *Tu*.
Il m'a fallu cinquante ans pour saisir la différence entre *Je* et *Tu*

et j'ai dû y penser plusieurs heures par jour.
Chaque entretien que j'ai eu a été une tentative
de séparer le *Je* du *Tu*.
Année après année, j'ai pu comprendre des choses.

Peut-être valait-il mieux ne pas comprendre :
maintenant je sais avec certitude que lorsque je mourrai,
Je mourrai.
Bien joué.
Si je n'avais pas compris, peut-être est-ce *Toi* qui serais
morte.

VIII

Lier les êtres

1

Je me rends aux urgences pour voir un inconnu.
Il est allongé, immobile, sur le brancard, tourné vers le mur.
Monsieur, excusez-moi, je suis médecin, qu'est-ce qui se passe ?
D'un mouvement rapide il se retourne et m'assène un poing en plein visage.
Il me casse la gueule et les lunettes.

Toi, Adriano, qui salues les fous par la fenêtre,
tu peux avoir l'esprit tranquille :
c'est vrai, ils ne sont pas dangereux.
La douleur aide à se souvenir.

2

Marcello, poser un diagnostic, c'est aussi une question de distance.
Les euphoriques, toujours réactifs et habillés comme en été même en plein hiver, se reconnaissent à quarante mètres.

Ivrognes et toxicomanes, avec leurs mouvements confus, à trente mètres.
Les schizophrènes, mouvements maniérés et habits étranges, à vingt mètres.
Les dépressifs, blêmes et statiques, à dix mètres.
Les névrosés à partir de cinq mètres, mais il y en a qui dissimulent bien et on passe à deux mètres.
Certains névrosés sont cruels et il faut les regarder dans les yeux pour s'y retrouver un peu : un mètre.
D'autres ne parlent pas, sont embrouillés et il faut arriver à cinquante centimètres pour les détecter.
Pas moins.
Certains anxieux, hystériques, déficients intellectuels
viennent sous ton nez, environ trente centimètres.
Les fainéants et les casse-pieds se rapprochent et ils te soufflent au visage.
Au-dessous des vingt centimètres, il n'y a que ma femme.

3

Blessures de guerre dans le Service 77 ?
Quatre fractures costales
plus le doigt d'une main et celui d'un pied.
Griffures, écorchures et hématomes.
Injures, assauts, menaces.
Tout ça et même pas une médaille en fer-blanc.

4

En ville, les fous, dans leur appartement, peuvent tout faire :

crier, taper des pieds,
se cogner la tête contre les murs,
se pendre, se tirer une balle, mourir,
personne n'intervient.
C'est la nouvelle société tolérante.
Mais il suffit qu'un fou lance quelque chose par la fenêtre,
une chaise, une bouteille, de l'urine, des selles, un chat, et la police municipale, la police nationale, les gendarmes, les pompiers, l'aviation, la marine militaire et les gardes forestiers rappliquent immédiatement.
Et on nous appelle de toute urgence à cause de la situation particulièrement critique.

Les fous, vous voulez bien rester tranquilles ?
Ne jetez rien par la fenêtre.
Politiciens, vous voulez supprimer les asiles ?
Éliminez les fenêtres.

5

Quand en médecine on fait une avancée, personne ne diabolise les anciennes méthodes,
personne n'accuse ceux qui les appliquaient.
Sauf en psychiatrie.
Ici on assainit le présent en attribuant le mal au passé.
C'est pourquoi je veux parler du fait de lier les êtres.

6

Je suis monté, avec un infirmier et la police municipale, à cet appartement au dernier étage dans le centre historique parce que tu t'es mis à cheval sur le rebord de la fenêtre en criant contre les hirondelles et leur vol en piqué.
La ruelle est immobile : les mamans lèvent les yeux, curieuses, puis partent avec leurs enfants.
Tu parles, excité, dans une langue inventée :
tu es shooté à je ne sais quelle merde.
L'espace dans cette grande pièce n'est ni trop grand ni trop petit, on devrait pouvoir y bouger assez
aisément : c'est important
car, un instant, je ne sais quoi,
un instant et quelque chose se produira.

Deux fenêtres dans la pièce : devant chaque fenêtre, l'un de nous,
moi, je suis devant la porte d'entrée.
Mais il y a encore une autre porte, elle donne sur la terrasse :
j'aperçois le basilic dans les pots et le jaune des citrons,
je t'imagine déjà courir sur les toits de la ville.
Je me déplace comme si de rien n'était vers la terrasse,
j'arrive, je me mets en place,
je me tourne, tu te jettes sur moi.

7

Quand une méthode de travail a sauvé ta peau et celle de tes patients, j'ai du mal à la critiquer.
Et si j'entends quelqu'un la critiquer assis à son bureau, je la défends.

8

Luca, tu me dis sur un ton affligé que le patient psychiatrique doit être accepté dans son intégralité,
lui et son trouble, comme une expression spécifique de l'humain, il faut donc refuser tout type de constriction.
Luca, cette approche est bonne pour ceux qui comme toi travaillent avec les chroniques, les immuables.

En psychiatrie d'urgence, ce qui doit être accepté dans son intégralité c'est la personne, non la maladie.
Sans quoi nous accepterions que les déments traversent la route au feu rouge sans intervenir.
On laisserait les dépressifs se suicider sous nos yeux.
On laisserait les maniaques entrer dans les tunnels des trains.
On laisserait les hallucinés descendre des balcons sur la corniche des immeubles.
On laisserait les délirants se retourner armés contre leurs voisins.
On laisserait les alcooliques et les toxicomanes exprimer librement leur agressivité primitive.

9

Personne ne va t'arrêter la nuit pour t'accuser : pourquoi m'avez-vous soigné, docteur ?
Pourquoi m'avez-vous contraint ?
Pourquoi ne m'avez-vous pas laissé libre comme je l'étais ?

La nuit, on t'accusera en te disant : pourquoi ne m'avez-vous pas soigné ?
Pourquoi m'avez-vous laissé à la merci de moi-même ?

10

Filippo, tu as peur que dans le noir
quelqu'un vienne de l'extérieur pour te tuer.
Ça ne sert à rien de mettre une porte blindée,
ça ne sert à rien de barricader la fenêtre de ta chambre,
ça ne sert à rien que tu t'enfermes tout seul dans une prison :
Filippo, l'assassin est enfermé avec toi dans la cellule.

11

Tu me dis qu'un patient agité et désorienté peut être calmé par la parole et le geste.
Luca, le patient agité et désorienté ne comprend ni la parole ni le geste, par définition.
Tu répètes que tu as réussi à plusieurs reprises.
Ce n'étaient pas des patients agités et désorientés.

12

Après tous les discours, les sourires, quand le patient te met dos au mur,
quelle est la méthode la plus simple, la plus ancienne, bon marché, naturelle et humaine ?
C'est clair, il faut un contact.

13

Au départ, il se produit quelque chose qui fait peur au patient et qui le fâche, les infirmiers demandent :
qu'est-ce que tu veux ? Qu'est-ce qui ne va pas ?
Le plus souvent un peu d'attention suffit, et même l'esprit le plus enflammé s'apaise.
Mais si tout se produit à l'intérieur de la tête du patient,
on ne peut rien comprendre, ni rien faire.

La première phase est celle du gorille.
Le patient se met à parler fort,
à gesticuler, à bomber la poitrine,
à marcher vite, changeant de pièce de manière imprévisible, il commence à cogner contre la porte d'entrée, en tapant avec la paume de la main, en essayant de l'ouvrir, à donner des coups de pied dans le mur,
à bousculer d'autres patients et ainsi de suite :
il fait savoir qu'il est là, qu'il est en colère
et qu'il peut faire des dégâts.
Si le gorille a le don de la parole, il passe vite aux menaces : il va tout casser ou tuera tout le monde ou

se tuera lui-même au cas où ses requêtes ne seraient pas satisfaites,

démissions immédiates ou un médicament spécifique, peut-être un café, une cigarette, un nouveau lit, un centième coup de fil à passer à sa maman.

On essaye de rester calme et en même temps on pense : pourquoi moi, une heure à peine avant la fin de ma garde !

Qui est le con qui l'a énervé comme ça ? Qui a diminué le dosage de ses tranquillisants ?

Les infirmiers plus anciens comprennent immédiatement : s'ils se taisent et soupirent, ça signifie que ça va mal se passer, s'ils ripostent, même à voix haute, pour qu'il cesse de dire et faire des bêtises, ça va bien se passer.

La deuxième phase est celle de la négociation.

Veux-tu un café, des cigarettes, des coups de fil, changer de lit ?

Tout de suite : voilà.

Merci, maintenant je veux sortir, immédiatement !

Les infirmiers gagnent du temps : il faut attendre ton médecin, probablement demain, tu sais qu'on t'aime bien, si ça ne tenait qu'à nous, on ferait tout ce que tu demandes, mais on peut être virés.

Là on s'émerveille en voyant des patients qui une heure avant paraissaient idiots et qui se révèlent des avocats redoutables, ils nous répondent coup sur coup, nous font remarquer avec véhémence qu'on est en train de tourner autour du pot.

Certains infirmiers sont de très bons négociateurs, dignes de l'ONU, du ministère des Affaires étrangères : quand ils sont là, je me mets dans un coin et j'apprends.

Si par les mots on n'obtient aucun résultat, le moment vient de demander « pourquoi tu ne prends pas un médicament ? ».
Un truc « très léger » pour les maux de tête, la constipation, rien que des vitamines et entre-temps on prépare une injection double dosage.
Les patients sentent toujours l'arnaque et ils s'opposent, indignés, exprimant leur mépris, rares sont ceux qui acceptent cette issue honorable qui évite l'épreuve
de force finale.
Durant cette phase, pendant qu'un infirmier négocie, l'autre est déjà en train de chercher bandages et attaches.

Maintenant c'est à notre tour de faire les gorilles et de taper des poings sur la poitrine.
On montre les muscles au patient : on est nombreux,
on est unis, jeunes et forts.
C'est le moment le plus délicat, tout se décide en quelques instants.
Le patient comprend qu'il n'aura pas d'autre chance : soit on lui fait l'injection triple de couleur orange soit on l'attache.

La troisième phase est la contention.
De nombreuses directives ont été rédigées concernant la contention :
évidemment écrire ou lire les directives est une chose,
être présent sur place à ce moment-là en est une autre.
Avec le mal de dos, le collègue désagréable, les bandages introuvables – toujours empruntés ou déchirés –, un autre patient qui s'en mêle, les proches qui protestent, la clé égarée, les urgences qui appellent, le sol glissant,

et le patient qu'on doit contenir qui soudainement brandit une chaise.
Le destin fait sauter les consignes de manière systématique et il nous met à l'épreuve.
On ferme la porte et on recommence.
Ce sont les patients mêmes qui nous sauvent dans ces cas-là.

Les schizophrènes ne veulent pas faire du mal, ils ont souvent des liens forts avec nous,
si on bouge avec détermination ils se laissent contenir sans trop résister, parfois ils fondent en larmes :
la vie les a trop meurtris pour qu'on les punisse encore une fois aujourd'hui.
Les euphoriques peuvent faire du mal accidentellement, mais sans aucune malice,
parfois ils s'excusent alors qu'ils sont en train de te taper.
Ils te tapent en souriant.
Mais tous les patients ne sont pas si gentils.
Les patients intoxiqués et ivres ne maîtrisent rien et ils te frappent sans aucun état d'âme,
ils ne pensent pas aux représailles, qui par ailleurs freinent chez les caractériels la joie instinctive de l'agression.
Les hystériques, sous prétexte qu'ils sont malades et ne savent pas ce qu'ils font, peuvent se montrer méchants
et viser le corps avec une malice subtile.
Les paranoïaques, par peur d'être anéantis, vendent cher leur peau lors du dernier combat.
Même si l'expérience nous a appris que les patients costauds ne nous frappent pas plus que ça,
on continue à les craindre davantage et à prendre des raclées par les petits gars.

Finalement, une fois le patient attaché à son lit, avec un grand soulagement et une procession mystique,
on peut pratiquer l'injection violette magique, apportée près du lit sous le regard attentif de tous comme si c'était une relique.
C'est la tétine et après ça tous au lit.

La quatrième et dernière phase est celle des souvenirs devant le feu.
Le patient dort et les infirmiers se retrouvent à la cuisine et regardent mutuellement leurs blessures, leurs griffures et leurs contusions.
On dit du mal des collègues absents, des lâches, des médecins, des administrateurs et du métier en général.
On revient sur l'accident injuriant avec bienveillance le patient, et toute sa famille jusqu'au sixième degré.
On remercie les bons et les courageux et on critique affectueusement les maladroits.
L'ambiance se détend et devient plus chaleureuse et légère. Comme chez les chasseurs d'une tribu réunie devant le feu, la mémoire du passé refait surface : les contentions les plus musclées, les actes les plus héroïques, les blessures les plus douloureuses,
les moments les plus épouvantables, comment on s'en est sorti, les scènes les plus marrantes,
la fois où un patient a lié Irma,
la fois où Giusi a tout fait toute seule,
on rend hommage aux infirmiers anciens qui, d'un regard, un mot, une main, calmaient les plus rebelles.
Et petit à petit on se lave de la violence et de la folie.

14

Si une douche suffisait à laver la violence et la folie,
qui te collent pendant le travail,
je prendrais dix douches par jour.

15

Lier ou ne pas lier, ce n'est pas juste le psychiatre qui décide, mais toute l'organisation du service,
ce sont les services qui lient ou ne lient pas,
ce n'est pas le médecin.

16

Celui qui lie n'est pas méchant, lier est fatigant.
Le méchant est celui qui abandonne le patient.

17

Hier au Service 77, Francesco, le patient euphorique, le jeune, s'est mis à jouer au tennis dans le couloir,
un tennis imaginaire : il n'avait ni raquette ni balle,
mais il faisait les bons mouvements :
c'est juste qu'il courait partout, et qu'il est costaud alors que le couloir est étroit, du coup il écrasait les gens qui passaient par là.
Il a refusé les soins dans l'après-midi. Mauvais signe.

Au bout d'une heure on lui dit : le terrain de tennis ferme.
Et lui : non, c'est mon terrain privé.
On lui dit : il va bientôt faire nuit.
Allumez les lumières artificielles, je vais payer.
On ne sait pas quoi faire : Francesco pourrait jouer pendant des heures. On insiste pour lui faire une
injection calmante : vous ne voyez pas que je joue ?
On va le voir à trois et il continue encore.
C'est le championnat italien.

Avec le patient en phase maniaque, le premier souci est d'arriver à l'attraper. Il n'arrête pas de bouger, et quand tu l'attrapes il te glisse entre les mains.
En plus, il faut se montrer déterminé, décidé et un petit peu sévère : comment faire s'il est sympathique ? Il rit, tu ris. Les bras t'en tombent.
Comment pourras-tu l'attacher ? Il t'échappe par gentillesse.
Jusqu'au moment où il y a l'un de nous qui craque : assez ! Les gars, on bosse ou pas ? Et on s'y met.
Le trouble maniaque comporte une vision optimiste du monde, il admet la tromperie mais non pas la rage ou le plaisir de faire du mal : le patient ne te frappe pas intentionnellement, mais, surtout s'il est costaud, il peut te faire très mal en te heurtant, avec une claque, un doigt dans l'œil, c'est comme avoir affaire à un enfant en bas âge, mais plus grand que toi.
Et en effet Francesco, après avoir sauté pour attraper la balle, est tombé sur le pied de Lino :
fracture du troisième orteil.

18

Comment peut-on faire une injection à une personne qui est dans un état d'excitation, Luca ?
Il faut de toute manière la bloquer de force.
Si tu ne veux pas agir personnellement, tu dois appeler les forces de l'ordre, mais entre-temps, qu'est-ce que tu fais ? Tu laisses gambader librement le patient pendant vingt minutes ?
En vingt minutes de nombreuses choses peuvent se produire.

La police arrive, un agent tient le patient tandis que tu fais une injection par voie intramusculaire.
Ce n'est pas comme au cinéma où le type s'écroule immédiatement, il faut attendre au moins un quart d'heure, et souvent une injection n'est pas suffisante. Il faut la refaire après une demi-heure : la police n'attend pas.
Seul un anesthésiant en intraveineuse a un effet immédiat, mais il faut appeler l'anesthésiste.
Je me demande : vaut-il mieux être lié au lit ou finir dans un coma artificiel ?

Quand j'attache un patient au lit, en cinq minutes je mets tout en sécurité
et je peux administrer de petits dosages de médicaments avec beaucoup moins de risques.
Le patient reste vigilant et on peut lui parler, le rassurer et lui poser des questions.
Mais chaque psychiatre fait ce qu'il sait et ce qu'il peut.
Face à un patient agité et désorienté, tout chemin est accidenté.

19

J'arrive dans le Service 77 et je cherche Ferdinando, on m'explique qu'il est blessé, et ce n'est pas le seul.
Massimo aussi est blessé : deux des infirmiers les plus solides !
Blessés par qui ? Une femme ?
Dans quel lit se trouve-t-elle ?
Je me retrouve face à une petite jeune femme, toute rose, elle doit peser quarante kilos,
elle est liée au lit. Je n'y crois pas. J'y retourne :
c'est ce moineau qui a fait du mal à Ferdinando et à Massimo ?
On me raconte une des contentions les plus dramatiques de ces dernières années,
les deux étaient sûrs d'y arriver, mais le moineau était une furie, elle a piégé les infirmiers dans une embuscade.
Elle se débattait, elle se tortillait, elle mordait, elle griffait, elle donnait des coups de pied, elle crachait.
Un chat sauvage a mis hors d'état de nuire deux dresseurs de lions.

20

Si on dit de lui qu'il est fort et méchant, un infirmier peinera deux fois moins à tenir les patients tranquilles.
Ferdinando, tu peines dix fois moins :
t'as bonne réputation.

21

J'ai parlé avec les collègues d'un service à contention zéro.
Ils disent qu'ils évitent les contentions et passent beaucoup de temps à convaincre les patients par la parole.

Je suis de la vieille école, je ne supporte pas les tentatives infinies de persuasion,
je les trouve plus absurdes et violentes qu'une rapide, énergique et claire contention.
Souvent, après la contention, l'esprit s'éclaircit et la folie s'évanouit,
la pluie cesse et le soleil revient,
et quand tu retournes au travail le jour d'après,
le patient te sourit et te salue.
Des heures de persuasion inutile, au contraire, ne font que renforcer la folie,
qui passe du patient à toi, envahit les chambres,
imprègne les murs, se colle aux plafonds, bouche les prises d'air, s'accroche au sol.
On ne peut plus respirer.
Tu dois t'enfuir chez toi, mais la folie ne te lâche pas, comme un chien bâtard, et te suit accrochée au manteau.
Quand tu retournes travailler tu es fatigué et confus.

En deux minutes on comprend si on peut persuader un patient ou pas, et si on ne peut pas le persuader,
pourquoi continuer à nager pendant des heures à contre-courant dans la folie ?
Mais c'est juste ma pensée, et je viens d'une école de lieurs, je peux me tromper.

22

Il y a une patiente hystérique, Luisa, qui est jalouse quand on attache quelqu'un d'autre au lit.
Alors elle va à l'autre bout du service et se met à crier et à tout détruire.

23

Alfredo, même si hier je t'ai demandé le nom d'un antibiotique pour le mal de gorge
cela ne t'autorise pas à me parler de ton père et de ta mère, du berceau au cercueil,
à me raconter leur rencontre, l'époque de la guerre, l'évasion, les bombardements, la faim, la résistance
et ta naissance tumultueuse
et à me demander, enfin, si c'est pour ça que tu es angoissé et que tu ne dors pas la nuit.
Alfredo, tu es un interniste, le nom de l'antibiotique tu me le donnes en vingt secondes.
Moi, je ne peux pas faire la psychothérapie en vingt secondes.

24

Ce matin, en accédant au Service 77,
je n'ai pu faire que quelques pas,
stoppé par un mur de puanteur, solide, impénétrable.

Au loin je pouvais apercevoir les infirmiers équipés de longues blouses vertes, masques et couvre-têtes, aller et venir en gesticulant :
un clochard admis dans la nuit avait retiré ses chaussures pour la première fois depuis un an.
Chaque minute, un opérateur sortait prendre l'air.
Puissance des pieds, plus terrible qu'un incendie, plus qu'un tremblement de terre, qu'un black-out.
Laissez tomber les entretiens, les échographies, les scanners, les IRM, les greffes, les débarquements sur
la Lune : lavez-lui les pieds !
Horrible opération, obscure, dangereuse, très complexe, interminable.
Honneur aux héros laveurs.

25

Aujourd'hui j'ai renoncé à contenir un patient.
Je n'ai aucune griffure, je ne suis pas en nage et je rentre à l'heure.
Mais je ne suis pas content, comme si je n'avais pas aidé quelqu'un alors que j'aurais pu le faire.
C'était un délirant qui refusait les thérapies. Un type baraqué : un mauvais client.

On trouve toujours une bonne excuse pour ne pas contenir un patient : on n'est pas assez nombreux et
on peut se faire mal ; la garde suivante se chargera de ça ; qu'est-ce que tu crois : que si tu l'obliges à prendre les médicaments ce soir, il guérira ?
Si on l'attache, on réveille les autres patients qui dorment ;

si on l'attache, l'alliance thérapeutique est compromise ;
le père est avocat : une éraflure et il porte plainte ;
qu'est-ce qu'il y a de grave s'il délire un peu ?
Ses parents lui ont toujours dit oui, pourquoi on doit commencer à lui dire non, nous, ce soir ?
Faisons-lui une injection retard ! C'est réglé pour un mois, et on en parle plus !

Toutes les excuses sont bonnes et je ne sais plus laquelle on a choisie.
Mais je suis sûr qu'à cause de notre abandon,
quelque part un jour,
quelqu'un se trouvera dans de sales draps.
Ça le regarde.

26

Quand je rencontre quelqu'un à une soirée je ne parle pas de mon métier :
dès qu'on sait que tu es psychiatre, on veut t'apprendre ce qu'est la psychiatrie.
Les électrochocs sont nocifs, et avec les malades il faut de la compréhension et de la musicothérapie,
les antidépresseurs ne servent à rien, mieux vaut se soigner avec les herbes ou prendre des vacances.
Personnellement, quand je rencontre un ingénieur nucléaire, je ne lui explique pas l'atome ou le neutrino,
ni comment gérer une centrale.

27

Certains patients sont tellement seuls que,
afin qu'on les touche,
ils détruisent tout.

28

Tu te rappelles, Emilio, quand entre nous c'était tout un corps-à-corps ?
Maintenant on se vouvoie comme de vieilles filles anglaises :
on se parle avec la bouche en cul-de-poule,
mais personne n'écoute et chacun pense à ses affaires.
Tu te rappelles quand on se bousculait, on se tirait les cheveux, on se griffait et tu me mordais ?
Tu avais des dents splendides, mais qu'est-ce que tu me faisais mal.

Les plus beaux souvenirs de mon enfance ce sont les bagarres avec mon frère.
Maintenant je joue avec qui ?
Pourquoi vais-je au boulot ? Pour causer ?

29

Fabia, infirmière depuis plusieurs années,
pour pouvoir continuer à travailler en psychiatrie
tu as perdu toute humanité,

mais si tu as perdu toute humanité, Fabia,
tu ne peux pas continuer à travailler en psychiatrie.

30

Je me rends à un séminaire sur les contentions, il y a un collègue qui nous apprend comment les faire.
En passant, il nous révèle le nombre de contentions qu'il a pratiquées :
j'en fais autant en une année de travail.
Je sors me balader dans le parc.

Mais pourquoi fait-on autant de contentions au Service 77 ?
On est si méchants ? Je ne me sens pas méchant.
On est si mauvais que ça ? Je ne me sens pas mauvais.
Quel est le secret ? Quel est le mystère ?

31

Le moyen le plus simple de ne jamais lier personne,
est de ne pas admettre de patients à lier.
Si on n'admet pas les alcooliques, les caractériels, les toxicomanes, les psycho-organiques, les déments, les intoxiqués, les violents génériques, qui nous reste-t-il à attacher au lit ?
Les infirmiers peut-être, entre eux.
Il suffit de refuser les patients excités et désorientés et de transformer la psychiatrie en psychologie.
Les patients agités seront liés par d'autres.

32

Après tant d'années d'expérience je peux dire que le seul vrai problème concernant le fait de lier les patients à leur lit est qu'il faut savoir le faire.
Si on ne sait pas le faire, mieux vaut éviter.

33

Penser qu'on puisse ne jamais contenir
c'est prétendre que la raison et le cœur peuvent tout comprendre et tout apaiser.
Cette prétention ne fait qu'augmenter la colère du patient.

La raison est la mouche qui glisse sur la vitre mouillée. Laissons à l'homme sa colère.

34

Marcello, regarde les infirmiers assis dans la cuisine, on dirait qu'ils ne font rien :
ce n'est pas le cas, ils écoutent.
Il faut de l'expérience et de la compétence pour écouter les bruits qui viennent du service.
Écoute, toi aussi.
Les néons au plafond, tout est immobile. Qu'est-ce que tu entends ?
Conversations entre patients, piétinement, un placard s'ouvre, une chaise déplacée, un gémissement,
un mot insensé répété plusieurs fois. Là, un cri.

Les infirmiers ne bronchent pas.
Essaie de demander : qui est-ce qui crie ? Alberto, ils te répondent, il se dispute avec Filippo.
D'un coup ils se lèvent ensemble, tu n'as rien entendu. Qu'est-ce qui s'est passé ? Il y a eu un petit bruit sourd.
Pina est tombée et s'est blessée à la tête.
C'est ainsi que font les parents des enfants quand, petits, ils jouent dans la pièce d'à côté : ils écoutent
et ils vont voir, non pas à cause du bruit, mais à cause du silence.

35

Autant être clair. Tant qu'à faire.
Lorsqu'on lie une personne il y a quatre rôles : ils sont attribués par un signe des yeux, tandis qu'on se rapproche du patient.

Celui qui immobilise. Il serre le cou et bloque la tête, un bras et le thorax.
Il adapte la force de l'étreinte suivant la réaction :
les caractériels et les hystériques comprennent le jeu et à partir de là ils collaborent.
Les sujets maniaques, les schizophrènes, les intoxiqués ne comprennent pas et tout est plus difficile.
Celui qui immobilise, s'il est bon, sait amener le patient au lit sans l'aide de personne.

Le poids. C'est celui qui se pose sur le patient au lit et bloque l'autre bras, le bassin et les jambes.
S'il est bon, lui seul suffit.

Le libre. C'est celui qui tourne rapidement autour du lit et bloque les quatre membres.
S'il est bon, lui seul suffit.

Puis il y a mon rôle. Je participe systématiquement à toutes les contentions. Je ne suis pas nécessaire.
Moi seul suffis.

36

Quand tu veux me dire quelque chose tu commences par des préambules qui remontent à trois jours :
tu me racontes en détail ce que tu as mangé, qui tu as rencontré, comment tu as dormi.
Je te demande d'en venir aux faits, ça vient, tu me dis. Et ça ne vient pas. On y est ? Non, ça vient.
Assez, je me lève pour te congédier. Tu éclates en sanglots comme si j'étais en train de t'égorger.
Je laisse tomber.
Je m'assieds à nouveau mais après je pars à la chasse à l'ours au Canada, le long d'une rivière où jaillissent des poissons : tu continues à me décrire des détails et des contretemps,
jusqu'à ce que tu arrives à l'essentiel, tu m'expliques,
puis tu t'arrêtes, les mains dressées au ciel, et tu me regardes, pour voir ma réaction.
Mais désormais je suis au Canada.
Tu attends un commentaire.
Moi, qui n'ai rien écouté, je prends un air concerné et très affligé, les yeux baissés, les épaules serrées,

comme à un enterrement.
Tu m'observes attentivement quelques secondes, puis : docteur, personne ne me comprend comme vous le faites, personne !

37

Je reviens des urgences avec une fille liée au brancard,
Giulia la voit, les larmes lui montent aux yeux et elle proteste : la contention est un acte violent,
qui prive de liberté, elle doit être interdite, c'est tout.

Giulia, tu as raison.
Mais la violence et la liberté sont des thématiques psychologiques et non psychiatriques.
Le patient psychiatrique en crise ne sait pas ce que signifient la violence et la liberté.
Pour lui la question d'exister ou de ne pas exister est plus importante.
Parfois il doit être contenu pour se recomposer dans son unité, pour se percevoir, pour vivre.
Si tu lui donnes gentillesse et liberté, tu le tues.

Tu me regardes sceptique, tu essaies de comprendre, mais tu n'es pas convaincue.
Les psychologues, c'est incroyable, vivent dans un monde psychologique !

38

Un homme de quarante ans amène son fils de seize ans aux urgences : vous devez l'hospitaliser, il est fou.
Je parle au fils : c'est moi qui ai amené mon père : il est fou, vous devez l'hospitaliser.
Ce genre de situation – devine qui est le fou – te bloque aux urgences pendant des heures,
et finalement c'est toi qui perds la raison !

39

Si vous me demandez une image symbolique
qui représente la psychiatrie d'urgence
c'est justement la contention,
rassembler les fragments éclatés,
assembler tête et corps, reconstituer la personne,
comme un plâtre qui cimente les os.
Faire de plusieurs pièces un tout.

40

On vient au monde
non pas quand on quitte le corps de la mère,
mais quand notre mère nous embrasse et nous reconnaît
et, sans dire un mot, nous contient encore en elle :
on se construit dans cette matrice.

Le caractère sacré de cette étreinte primordiale
se réverbère et miroite
dans certaines contentions que l'on pratique.

41

L'art de lier les êtres.
L'art de lier les êtres au lit.
L'art de lier les êtres à toi.
L'art de lier les êtres à la réalité.
L'art de lier les êtres à eux-mêmes.
Lier les êtres est un art.
Insaisissable.

42

Marcello, c'est facile : si un patient garde la main posée en haut sur la poitrine, c'est un anxieux.
Main gauche sur le cœur : hypocondriaque.
Main sur la poitrine en bas : dépressif.
Main sur le ventre : dépressif moins conscient.
Main sur l'aine : hystérique.
Mais si la main est sur la tête ou les jambes,
là ça se complique : il faut un bon spécialiste.

43

Si tu veux connaître l'âme d'un psychiatre,
regarde les patients qu'il suit.

Tito ne suit que des hystériques.
Edoardo rien que des bipolaires.
Moi les schizoïdes
et Rufo que des riches simulateurs.

44

Je pensais que faire ce métier voulait dire avoir une suite de jeunes femmes amoureuses,
au contraire c'est une file de vieilles dames en colère derrière moi.

45

Ça fait deux heures que, absent, je rumine les grandes questions de la vie, quand tu arrives, Anna,
tu me donnes une petite tape sur la tête et me demandes : tu as acheté le pain ?
Le pain ?
Alors que je me lève pour me ruer chez le boulanger,
je pense à mon ami Elia qui a navigué jusqu'en Inde
à la recherche d'un maître zen : ne pense pas, agis.
Mon maître zen est à côté et s'active aux fourneaux.

46

Ce sont les médicaments qui ont permis l'ouverture des asiles, et pas uniquement la pitié des personnes.

Il y a soixante ans, le patient restait attaché durant des semaines, jusqu'à la fin de la crise, aujourd'hui on lie le temps que le médicament agisse.

C'est une question d'heures ou de jours : du *delirium tremens* à la crise hystérique il existe un ordre dans le chaos, et les temps d'apaisement sont toujours respectés. On parie.

La psychose aiguë, qui est magmatique et incommensurable comme rien d'autre dans la nature, voyage avec le chronomètre à la main.

Pile à l'heure.

47

Je veux être sincère :
par le passé j'ai attaché beaucoup de personnes,
depuis je me suis corrigé, mais je ne regrette toujours pas.

IX

Le mot n'est que paille

1

Adriano, j'arrive pour apprendre,
jeune médecin volontaire au dispensaire
et tu me dis : il n'y a rien à apprendre.
Et la maladie mentale ? Ça n'existe pas.
Je commence par où ? C'est déjà fini.
Mais je viens d'arriver. Tu peux repartir.
Je n'ai rien à faire ? On a déjà tout fait :
ma génération a réglé ses comptes avec la folie.

2

Je ne vous dérangerai pas trop.
Je respirerai tout doucement.
Après vous, Génération précédente, naissent seulement
les gens post : post-ouverture des asiles.
Pendant des années on m'a dit :
t'en sais quoi, toi qui es post ?
Et moi qui me croyais normal.

3

Adriano, comment ta génération a pu régler les comptes avec la folie,
si chaque nouveau-né doit se frayer un chemin en jouant des coudes dans la folie ?
Si chaque nouveau-né doit se battre pour sortir la tête de la fange de la folie ?
Si chaque nouveau-né, pour respirer, doit se débarasser des mille mains de la folie ?
Adriano, l'humanité ne s'éteint pas avec ta génération.

4

Giulia, tu me fais remarquer que ma blouse est crasseuse et que je devrais me changer.
Voyons ça : là il y a une tache de sang,
là un crachat, ça c'est de l'encre, de la sueur ici et là il y a le coup de pied de Franco.
Rufo passe avec une blouse immaculée, éblouissante,
on dirait qu'une repasseuse lui court après.
Tu le regardes pleine d'admiration :
voilà un vrai médecin.

5

Adriano, dire à un patient psychiatrique que la maladie mentale n'existe pas est comme dire au patient
que ce qu'il ressent n'existe pas,
qu'il n'existe pas.

6

Je ne connais pas de psychiatres tombés dans la guerre de la réforme psychiatrique,
et je ne connais pas non plus de martyrs ou d'invalides de guerre de la loi 180[1].
Je ne sais pas si des médecins ont risqué leur vie
en se battant au pied des murailles de l'asile,
je sais que des portes se sont ouvertes grâce à la lutte du peuple, des syndicats et de la politique, je connais des médecins devenus chefs de service bien avant leurs quarante ans, à qui on a dit : entrez et prenez.
On vous a confié la gouvernance d'une province déjà conquise.

Ne demandez pas une statue équestre en armes.

7

Prescrire les médicaments et partir
c'est comme distribuer des petits billets d'horoscope,
comme confier à la mer un message dans une bouteille.
Les dépressifs souffrent à cause de la culpabilité, c'est une question morale, ils ne comprennent pas à quoi servent les médicaments.
Les patients maniaques sont bien comme ils sont et ne veulent pas de médicaments déprimants.

1. La loi n° 180 du 13 mai 1978, connue sous le nom de loi Basaglia, établit, en Italie, la question des contrôles et des traitements de santé volontaires et obligatoires.

Les schizophrènes sont attachés à leurs voix et ne comprennent même pas qui tu es.
Les paranoïaques sont persuadés que tu veux les empoisonner.
Les caractériels avalent le flacon entier le soir même.
Les névrosés sont les seuls à lire les ordonnances et les suivre à la lettre, jusqu'au premier effet secondaire, puis
c'est fini.
Marcello, tu n'es pas un interniste qui dira : prenez ces médicaments – et voilà le travail.
C'est ici que ton travail commence.

8

Dans le dispensaire il y a un salon réservé, avec des vieux fauteuils et des rideaux marron.
La salle où je rencontre les patients donne sur ce salon.
Été, hiver, automne et printemps,
moi, à chaque visite, j'ouvre une porte et je vois toujours les mêmes collègues assis dans les fauteuils.
Matin, après-midi et soir.
Lundi, mardi, mercredi, jeudi, vendredi et samedi.
Parfois ils se font livrer du café, quelque chose à boire ou à remuer avec de longues cuillères, et ils se lèchent les doigts. Des fois ils répondent aux tests psychologiques des magazines et rient et jacassent comme chez le coiffeur, parfois ils semblent soucieux comme dans les salles d'attente des aéroports, puis soudainement s'agitent comme devant une salle d'accouchement, d'autres fois ils regardent par la fenêtre comme s'ils attendaient un bateau,

avec plus d'enthousiasme ils s'interrogent sur qui est la plus belle ou qui est le meilleur baiseur du service
et ils me demandent mon avis pendant que je fais sortir
ou que j'accompagne un patient,
d'autres fois ils échangent avec le chef de service des recettes de cuisine ou des numéros
de plombiers.
Quand ils entrent dans ma salle, les patients me demandent tout bas : mais c'est qui ces gens ?
Je ne sais pas quoi répondre.

9

Edoardo, tu te souviens
quand on travaillait au dispensaire ?
On partait en consultation à domicile chez un schizophrène et on y devenait : électricien, conseiller conjugal, médecin de famille, cuisinier, architecte d'intérieur, coach sportif, plombier, syndic, jardinier, vétérinaire, maçon, couturier, repasseuse, cordonnier, postier, anesthésiste, concierge, dégustateur, femme de ménage, maître de thé, expert en couleurs, magasinier, charbonnier, pédicure, videur, chasseur de rats, cafards et employé de la fourrière.
Tu t'en souviens, Edoardo ?
Qu'est-ce qu'on s'amusait.
Puis on est partis travailler à l'hôpital, et on a dû faire les psychiatres.

10

J'ai passé ma vie à convaincre des milliers de personnes qu'elles étaient malades et qu'elles devaient se soigner.
D'autres collègues ont passé leur vie à convaincre de prestigieux parterres que les maladies mentales n'existent pas.
On fait le même métier ?

11

Edoardo, tu te souviens de l'époque où les infirmiers décidaient de tout ?
Je faisais souvent des consultations avec Tea : à chaque phrase que je disais à un patient, elle intervenait : non, ce n'est pas ça ! Et elle disait tout le contraire.
Le patient rentrait rassuré à la maison.

Pendant que je parlais, elle, muette, exprimait son désaccord avec un regard plein de dégoût.
Un jour je l'ai fait taire brusquement, elle s'est enfermée dans le silence pendant des semaines
et quand je lui ai demandé un avis :
si vous voulez donner des ordres allez-y, mais je ne vous dis pas ce que je pense.
Exactement comme ma femme.

12

La psychiatrie est un énorme jeu de l'oie.
On prend Mario et on le transfère du centre de jour à l'hôpital.
Après quelque temps, on le transfère dans la communauté thérapeutique.
Encore après on le transfère dans un logement protégé.
Après on le place dans le centre de jour.
Après on recommence tout.
L'espoir est que Mario disparaisse lors de l'un de ces passages.
Mais le jeu de prestidigitation ne réussit pas, et le lapin ne revient pas dans le chapeau.

13

L'avenir, ce sont les injections retard : on se voit une fois par mois.
Cinq minutes, au revoir.
Attention de ne pas se toucher.
Attention de ne pas se disputer.

14

Marcello, le mot est impuissant en psychiatrie.

Pour les déments et les désorientés,
le mot est juste un son,
un écho, d'un écho, d'un écho,

un reflet, d'un reflet, d'un reflet,
un rêve, d'un rêve, d'un rêve.
Pour les schizophrènes le mot signifie tout et rien,
ça signifie une chose et son contraire.
Pour les dépressifs le mot est condamnation.
Pour les euphoriques c'est le jeu.
Pour les caractériels, une menace.
Pour les névrosés, une lame tranchante.
Le mot n'est pas lumière qui chasse les fantômes de la nuit,
ce n'est pas du bois à garder pour l'hiver,
ce n'est pas de la nourriture à mettre de côté,
ce n'est pas la berceuse qui réconforte.

Le mot n'est que paille.

15

Toujours dédiée à l'ancien effort d'exploration
des porches et du jardin en quête de mégots,
l'index et le majeur de la droite jaunes de nicotine,
tu te penches, tu ramasses le mégot de ta main tremblante, tu l'observes avec le regard fin, levant le bras, puis tu scrutes plus loin le va-et-vient, qui fume et ne fume pas, qui pourrait te donner une pièce.

Te voir ici, courbée dans les allées de l'ancien asile, me rappelle l'époque où l'on fumait au dispensaire.
Une réunion le matin et une l'après-midi, pendant des années :

à vingt enfermés dans une pièce et au moins dix cigarettes chacun, deux cents cigarettes. Des mètres cubes de fumée.

Et les sujets de nos discussions : porter la blouse ou pas, tutoyer ou vouvoyer les patients,
si la maladie mentale se révèle à cause des parents, des enseignants ou du principal,
si les médecins et les infirmiers ont le même grade ou si les médecins doivent obéir aux ordres,
si les compagnies pharmaceutiques financent la psychiatrie,
et comment s'y opposer.

Je n'ai jamais compris ce dernier argument :
j'étais et je suis convaincu
que la psychiatrie est financée par l'industrie du tabac.

16

Les chefs reconnaissent un plat les yeux fermés, à l'odeur.
Marcello, serais-tu capable de poser un diagnostic rien que par l'odorat ?

Les dépressifs exhalent une odeur d'affaires humides séchées à l'intérieur de la maison, de tisanes, de naphtaline, de mousse, de menthol, de draps empilés depuis des années, de vieilles couvertures posées sur de vieux canapés.
S'ils retirent leurs chaussures, ça ne sent rien.

Les euphoriques sentent royalement la sueur,
ils embaument l'essence, la rue, les épices.
Mieux vaut rester éloigné de leurs chaussettes et slips.

Les schizophrènes sentent leurs petits vices : cigarettes, café, alcool.
Les cas plus graves sentent la saleté incrustée, les selles et l'urine.
C'est une odeur puissante, mélangée.

Les caractériels sentent le haschich, la cigarette, la colle.
Le banal après-rasage.

Les clochards sentent le carton mouillé,
le moisi, la poussière, le putride, le nécrosé.
C'est une odeur âcre, intense.
S'ils retirent leurs chaussures, c'est la fin.

Les névrosés dégagent des odeurs d'essences délicates.
De parfums choisis avec soin, dont je ne connais pas les noms. Lavande, gentiane, d'autres fleurs encore.
S'ils retirent leurs chaussures, c'est un plaisir.

Toi, Marcello, tu sens l'après-rasage, moi, le chlore de la piscine, et la peau de Giulia donne le tournis.

17

Giulia, dans ce métier, l'important
ce n'est pas ce que tu dis ou ce que tu fais

l'important c'est d'être là.
Si tu es là, le patient fait le reste.

18

Giulia, ne sème pas la parole dans la terre aride,
à la mauvaise saison ou quand les corbeaux
survolent le champ.
Garde la parole pour le moment où la terre sera humide,
quand la saison sera propice et les corbeaux seront loin.

19

Rufo, tu es préoccupé à l'idée de trouver une belle phrase pour le congrès de Boston. Je suis préoccupé à l'idée de voir Filippo pendant dix ans, une fois par semaine.
Rufo, si tu dis une belle phrase à Boston, tout le monde va applaudir. Si je dis la même phrase à Filippo, il va me manger la langue, la main et le bras.
Ne ramène pas de belles phrases de Boston,
ramène-moi une arme.

20

Il nous faudrait une langue sale, pleine de trous, une langue pute, grincheuse, une langue boiteuse et charogne, ou même une langue intellectuelle, snob et dédaigneuse.

Il nous faudrait des mots coquins, termes assassins,
termes follets qui saisissent des réalités qui
n'existent pas, mots kaléidoscopiques
qui contiennent des réalités changeantes,
mots fourchettes qui attrapent des réalités infinitésimales,
mots ambigus que chacun interprète comme il veut.
Pour ça je bégaie, je brise les paroles,
j'interromps les discours, je reste silencieux :
c'est pour qu'on me comprenne mieux.

21

Anna, à l'intérieur de moi il y a l'écho
de la tragédie du monde.
Paolo, descends les poubelles
ou tu vas l'avoir ta tragédie du monde.

22

Poétiques sont le mal d'amour, le regret, le deuil,
poétique est la douleur tragique qui trouve raison, vengeance, chantage,
sans poésie est cette douleur, monotone, lente, insatiable, ravisseuse.
Poétique est la nostalgie, sans poésie est la dépression.
Poétique est la fantaisie, sans poésie le délire.
Poétique la crainte, sans poésie l'angoisse.
Poétique le désir, sans poésie la dépendance.
La poésie ne fréquente pas la psychiatrie, elle s'arrête sur le seuil.

Là où la pelle de la poésie ne pénètre pas, mottes dures, sèches, infertiles et froides.
On se charge de la douleur sans poésie.

23

Lors des congrès psychiatriques on emploie des mots
mais un problème qui peut être défini par des mots
n'est pas un problème psychiatrique.

24

Giulia, tu me demandes s'il faut tutoyer ou vouvoyer les patients.
Les dépressifs acquiescent, gémissent, s'ils parlent ils vouvoient.
Vouvoyer un dépressif c'est un signe de respect.
Les euphoriques tutoient, enthousiastes : on est tous des frères dans ce vaste monde.
Vouvoyer un euphorique est une précaution.
Les schizophrènes sont désorientés par le vous et par le tu.
Il vaut mieux vouvoyer un schizophrène.
Les caractériels et les toxicomanes optent pour un tu complice : tu me comprends, on est tous malheureux et délinquants.
Vouvoyer un caractériel est une forme de protection.
Les hystériques boycottent même le tu, s'ils pouvaient ils passeraient directement au corps-à-corps.

On vouvoie un hystérique par prudence.
Les névrosés, si on se laisse aller à un tu, prennent peur,
ils baissent la tête, rougissent et ne reviennent plus.
Pour eux le tu est une approche sexuelle.

Je sais qu'il faut vouvoyer tout le monde,
et j'essaye, je le jure, mais je n'y arrive pas,
des « vous-tu-vous » m'échappent sans arrêt.

25

Par quel mystère si on a déjà eu mal au ventre on ne se sent pas chirurgien,
alors que si on a déjà souffert d'anxiété ou de dépression
on se sent psychiatre ?

26

Je suis comme les lézards sur les murs :
si tu les bloques, ils abandonnent leur queue
pour pouvoir s'enfuir.
Ces jours-ci je suis sans queue, Sara,
et c'est à cause de toi.

27

Encore un salon où l'on discute de psychanalyse. Des avocats, des ingénieurs, des enseignants : je ne comprends

pas ce qu'ils racontent. Quand ils me demandent mon avis, je passe pour un crétin.
Je déteste la psychanalyse.

Messieurs, je vous le dis clairement : je ne sais rien de l'interprétation des rêves. Ce n'est pas mon métier.
Mes patients ne parlent pas de leurs rêves nocturnes,
ils les habitent.
Je ne cherche pas à interpréter : il me faut une corde pour les en sortir.

28

Nier l'existence de la folie en avançant l'idée qu'on est tous pareils signifie annuler la diversité de l'autre, et voir tout gris sans distinction.
À l'époque des asiles les fous étaient bannis des villes, aujourd'hui ils sont bannis de la pensée :
la stigmatisation absolue.
Une culture qui veut parler de l'homme
sans disposer d'une dimension psychiatrique
est estropiée et aveugle.
Il ne faut pas affirmer qu'on est tous pareils, il faut connaître les différences.

29

En sortant de l'hôpital je pose un pied au sol :
il est encore très solide.

Je prépare le dîner. Avant d'aller dormir, un autre regard par la fenêtre.
La mer est une plaque d'acier qui brille.
Les étoiles et la lune sont à leur place.
Des lucioles volettent tranquilles.
Des feuilles bruissent, légères.
Une grenouille coasse quelque part.
Je ferme la fenêtre et au lit.

X

Tortula muralis

1

Je traîne encore mon petit tas d'os entre les palais anciens
  de Gênes.
Bientôt je partirai et les palais demeureront identiques,
  tels que je les ai vus pour la première fois.
Les générations changent, le décor reste.
Je remercie, sur le pas de la porte, le scénographe, les
  personnages, les figurants et l'aimable public,
une mention spéciale au technicien des lumières :
ils ont tous eu des idées merveilleuses et limpides.
Pour ce qui est de l'auteur, je ne sais pas où il veut en venir.

2

Gino, les films américains nous apprennent à ne jamais
  abandonner.
Gino, qui peut m'apprendre à renoncer ?
Depuis que j'ai commencé à vieillir, le renoncement est
  le pain rassis, le sel de tous les jours,
ma compagne déchaussée, c'est la douleur qui ne part
  pas, la pluie légère, le petit pas, le souffle qui manque,

le plat du jour dans le menu, une note sur le calendrier, un mot sur le meuble,
ce sont mes bonjour et mes bonne nuit quotidiens.

3

Monsieur Alfredo, commencer une thérapie avec une personne psychotique c'est comme commencer un voyage par monts et par vaux jusqu'au bout du monde.
Je suis trop vieux, mon pas est incertain. Sur les chemins de montagne je m'essouffle.
Je pâtis de l'humidité.
Je suis un fardeau, et pas un guide.
Je ne pars plus.
Monsieur Alfredo, pour votre fils je vous recommande à un collègue plus jeune. Il s'appelle Marcello.

4

Marcello, aujourd'hui aussi on passe devant le service d'oncologie, regarde ce petit monde de patients : chaque jour différent. Quels yeux, quels regards d'attente.
Pourquoi on ne nous demande presque jamais de venir ici ?
Parce que le mal contre lequel on se bat n'est pas la douleur, la peur, l'espoir qui vacille.
Ce n'est pas quand on perd sa vie,
mais quand on se perd soi-même.

L'homme qui pleure sait très bien qui il est.
Seul l'aveugle qui montre ses yeux perdus voit notre pas s'arrêter :
c'est auprès de lui qu'on s'assied.

5

Si c'était vrai qu'on console la douleur des autres parce qu'on a une douleur en nous,
combien serait grande ma douleur ?

6

Aujourd'hui, dans le Service 77, on a l'impression d'être au lendemain d'une explosion nucléaire.
Marcello et moi errons lourdement habillés de pénibles scaphandres antiradiation, on regarde et on discute à travers une vitre embuée et on porte des gants épais.
Autour de nous des vies évaporées,
des vies désintégrées,
des vies imprimées sur le mur.

7

Lorsqu'on rencontre un nouveau patient, la question à poser est la suivante : vit-il avant ou après
la fin du monde, ou pendant ? Il s'agit de situations complètement différentes.

Si c'est pendant, tu vois les immeubles, les villes, le temps qui s'écroulent devant toi.
Mais une catastrophe est toujours à l'horizon : même si des années se sont écoulées. Des décennies, et on entend encore l'écho du big bang.
Rares sont les patients qui vivent les autres jours.
Rares sont ceux qui vivent le matin frais ou la soirée paisible d'un jour serein de pluie fine,
et qui viennent te voir légers, juste pour échanger quelques mots.

8

Adriano, tu prétends que la folie n'existe pas,
dis-moi quelle est cette douleur que je ressens dans la poitrine,
qui me traverse comme un fleuve en crue,
et emporte les arbres et les maisons,
et qui n'a pas de source, et n'a pas d'estuaire,
et n'a pas de nom, et n'a pas de substance
et va du rien jusqu'au rien
et qui fait de moi son lit, son canal, sa berge.

Et la fin du monde nous apaiserait, si seulement elle était vraie.
Et la mort nous apaiserait, si seulement elle était vraie,
et si on pouvait savoir à nouveau, au moment de mourir, qui on est en mourant.

9

Ne m'apporte pas de cartes, de photos satellites, de tracés ferroviaires de la ville que tu as été,
ne m'apporte pas de plans d'urbanisme, de bilans de la commune, de projets de développement.
Elena, raconte-moi les odeurs que tu sentais le matin au réveil, laisse-moi entendre les bruits qui montent des quais de la rivière, les teintes des immeubles autour des jardins,
et si tu cherchais de l'ombre, quel trajet empruntais-tu pour aller dans le centre, et si tu cherchais le soleil,
à quel point la surface des murs était-elle râpeuse quand tu passais ta main dessus en te promenant, et le son des cloches d'où venait-il, d'à côté ou de loin,
faisait-il chaud ou froid, et avant de dormir, quel bruit entendais-tu en dernier ?
Elena, connais-tu d'autres pierres ou un autre bois, bons pour rebâtir ?

10

Souvent on sort d'une crise psychologique avec une vision plus mûre de soi-même et du reste du monde.
D'une crise psychiatrique, on ne tire rien du tout.
Sauf dans certains cas.

Ceux qui ont surmonté une crise psychiatrique avec une certaine lucidité, sont accablés durant des mois
par la peur d'un nouvel écroulement de leur

identité, des proches, des idées, même de la matière atomique ambiante, imprévisible.
Avec le temps, cette inquiétude douloureuse s'adoucit
et une conscience s'installe de la fragilité du tout :
ces personnes acquièrent le sens de l'éphémère.
Ce sont les personnes les plus proches de la réalité.
Elles sont respectueuses et attentionnées envers elles-mêmes et les autres,
elles emploient des mots qui signifient quelque chose,
vont à l'essentiel, sont sensibles, frugales, sincères.
Elles ne te volent pas ton temps, te donnent toujours quelque chose.
Ça fait du bien d'être avec elles.

Puis avec les années elles se rétablissent complètement,
elles oublient tout
et elles redeviennent hypocrites.

11

Les meilleures personnes sont celles qui n'oublient pas d'être mentalement mortes,
puis de renaître.

Parmi elles, il y a d'excellents psychiatres.

12

Marcello, il faut que tu saisisses le noyau dur des patients.
C'est ce qui résiste à un éventuel effondrement de l'esprit, c'est là où la catastrophe s'arrête, notre dernier rempart.
Savoir s'il existe et à quel point il est solide, nous sert à comprendre ce que le patient risque, combien il peut souffrir et dans quelle mesure on doit rester prudents.

Les dépressifs et les euphoriques font des va-et-vient en rebondissant sur de grands tapis en caoutchouc.
Les schizophrènes vivent en plongeant à l'infini, dans mille voltiges et métamorphoses.
Les borderlines, on les voit tomber à pic, et s'écraser en quelques secondes.
Les caractériels sont en pierre, durs et inébranlables : et ils provoquent ta chute.
Les névrosés sont toujours sur le point de se faire engloutir par les sables mouvants, mais ils ne sont jamais engloutis.

Je ne crois pas avoir de noyau dur,
je vis sur un plan incliné infini.

13

Ne cherche pas la conscience absolue de l'existence :
chacun vit dans un brouillard plus ou moins épais.
Choisis ta place sur la pente, et bâtis ta maison.

14

Giulia, la rencontre avec le patient n'est pas la victoire de la raison sur la folie :
c'est la rencontre de deux folies.
Espère juste que la tienne soit plus humaine et raisonnable que celle de l'autre.

15

Marzia, tu es dans un perpétuel état naissant.
Tu ressens une excitation à fleur de peau, tu es toujours sur le point de faire quelque chose de palpitant,
tu ajustes tes cheveux, tu changes de robe, tu cherches tes nouvelles chaussures pour courir on ne sait où.
Toujours essoufflée, toujours le maquillage sur les yeux, toujours les talons inconfortables.
Marzia, toujours dans un état naissant, mais rien ne naît jamais.

16

Livio et moi allons chez une patiente euphorique, ses voisins nous ont appelés. Elle habite seule dans un bel appartement de Carignano, elle nous accueille en robe de soirée.
Dans le salon baroque, miroirs de trois mètres de haut, un piano à queue et de nombreux fauteuils roses.
Laissez-moi dire au revoir au piano, elle nous dit, elle s'assied et se met à jouer une sonate de Mozart.

La musique est belle, l'interrompre me mettrait mal à l'aise :
ça dure longtemps une sonate de Mozart ?
Un homme âgé avec un violon entre par la porte qui donne sur l'escalier, s'assied et commence à l'accompagner.
Maintenant, deux vieilles dames arrivent et une maman avec un enfant, ils s'installent pour écouter.
Puis un jeune couple, un homme avec un chapeau et un artisan.
Dans l'immeuble et dans le hall le concert résonne,
des gens arrivent même de la rue.
On doit attendre.
À la dernière note, tout le monde vient lui serrer la main, la remercier.
Une vieille dame nous murmure : les garçons,
prenez soin d'elle, en ce moment
elle est un peu fofolle, mais quand
elle va bien, elle est vraiment adorable.

17

Giulia, nos patients ne sont pas une pelote à démêler,
ce sont des sacs défoncés et rafistolés mille fois.
Ce que tu as trouvé n'est pas le fil d'or, l'empreinte du passé : c'est juste un défaut.

18

Hier, Emilio, lors de tes errances euphoriques au sein de l'hôpital, tu t'es retrouvé à la morgue,
et tu as commencé à dire aux proches de ne pas pleurer
et tu t'es mis à réconforter les morts :
tu leur parlais, tu bougeais leurs bras et tu manipulais leurs visages pour les faire sourire.
Bilan : un œil au beurre noir, une côte fracturée et la dent en or de travers.
Emilio, ris autant que tu veux, mais ne t'approche pas de la morgue.

19

Chiara, quand tu es déprimée tu penses qu'un bon médecin ne peut pas perdre son temps à soigner une personne d'aucune valeur comme toi.
Comment faire pour te soigner, Chiara, si lorsque je m'intéresse à toi, tu crois que je suis un mauvais médecin ?

20

Marcello, s'immerger dans la psychose c'est comme aller sous l'eau, ce n'est pas facile,
la plupart des personnes ne savent même pas nager.
Il y a de nombreux apnéistes, peu de plongeurs, très peu de scaphandriers. Puis il y a les amphibiens.

Prends Edoardo : il reste assis au milieu des fous, sans blouse, la barbe mal rasée, décoiffé, il blague
et rit avec eux, sans parler
– ils se comprennent par des voies qui nous sont inconnues –
là il écrit un article, assis à leur table, sans se soucier des bousculades et des bruits.
Maintenant ils dressent la table et il mangera avec eux.
Si tu ne le connais pas, tu le prends pour un patient.
On ne sait pas s'il se sent mieux avec eux ou avec nous.
Edoardo est un amphibien, une grenouille.
Comme les grenouilles, il vit à la frontière entre terre et eau,
s'il s'éloigne, il se déshydrate et meurt.

21

Je ne comprenais pas pourquoi les patients de la psychologue Clara, quand ils sortaient, étaient toujours si souriants, sûrs d'eux, alors que les miens fixaient le sol, étaient tristes et égarés.
Puis j'ai compris : la psychologue Clara trouve le coupable.
Les parents sont les meilleurs coupables, mais ça marche aussi avec : les frères, les cousins, les grands-parents, les amis, le mari, le chef, l'amant, le chien, l'obstétricienne, la maîtresse de l'école maternelle, la belle-mère, les voisins, les camarades de la crèche, les collègues, le plombier, Dieu, les hommes politiques, la météo.

Une fois trouvé le coupable, il suffit de se rebeller, il suffit de pousser le patient à la désobéissance, à l'invective, au subterfuge.

Les patients ressemblent à des adolescents en guerre,

au point que si quelqu'un leur demande : quelle heure est-il ? Ils répondent : comment oses-tu me parler, toi qui as gâché ma vie !

Une fois qu'ils ont éliminé le coupable, il y a une phase encore plus amusante : découvrir ce qu'ils aiment faire le plus au monde et le faire sans délai :

voilà que des patients abandonnent femmes et enfants pour fuir avec leur maîtresse de vingt ans, quittent des métiers solides pour ouvrir un bar aux Caraïbes, se lancent dans des relations homosexuelles, partent faire le tour du monde en voilier, se retirent pour méditer dans le Gennargentu.

Puis, si quelque chose ne marche pas, il leur suffit de trouver un autre coupable et ça repart !

Comme j'aimerais moi aussi avoir un coupable sous la main pour tous mes ennuis.

Mais si on naît chat, c'est peut-être la faute des parents qui sont chats ?

Être chat est un fait tragique, comme plein d'autres incidents de la vie.

22

Le désir ne compte pour rien face à l'humeur,

c'est une girouette battue par le vent.

23

La raison ne fait que revêtir d'explications rationnelles
ce que l'humeur a déjà décidé.

24

Chaque psychiatre, avec chacun de ses patients, constitue
un univers à part entière,
un système solaire à part entière,
où s'appliquent les mêmes lois qu'en physique,
mais avec des masses, des vitesses, des orbites, des gravitations, des atmosphères différentes : tout est différent.
À chaque fois qu'un psychiatre se plonge dans un de ces
univers uniques, c'est le meilleur.
Marcello, tu viens de dire à Alberto une phrase que tu
as entendue de moi hier : j'ai fait ma psychiatrie,
toi, fais la tienne.

25

J'ai passé ma vie au plus près de la Bête.
Je ne l'ai jamais regardée dans les yeux, mais elle était là :
sa puanteur, son souffle, son ombre,
son cœur enroué, le courant d'air généré par son mouvement : elle était là.
Je ne l'ai jamais blessée, ni attrapée, ni domptée, encore
moins achevée et écartelée,
comme il faudrait.
Elle ne m'a jamais mordu, arraché un membre ou dévoré.

Elle était là, j'étais là. On s'est simplement tenus à l'œil.
C'est toute ma vie.

26

On arrive à travailler en psychiatrie seulement si on s'amuse.
Je m'y suis amusé pendant des années.
Pas toutes les années :
Pas les premières – trop d'illusions,
pas les dernières – trop de formulaires,
pas celles du milieu – trop de métier.

Dans une prison infinie, je me sentais libre.

27

Et après tant d'années je suis encore là,
aux prises avec une douleur inutile.
Douleur qui n'apprend rien, qui ne régénère pas, ne renouvelle pas.
Ce n'est pas une douleur de croissance mais de prison.
Ce n'est pas une douleur d'élagage mais de mort.
Douleur qui ne se termine pas par la guérison,
qui ne finit pas par la nécrose et l'amputation :
elle ne se termine jamais.
Bénie soit-elle, la douleur utile, maudite soit mille fois la douleur inutile.

28

Et après les mots, qu'est-ce qu'il reste de nous, Enrica ?
Une fenêtre presque fermée,
deux chaises bancales,
une porte entrouverte.
Au bout des marches, un toussotement,
un regard,
un au revoir.
Le seuil qui se referme.
Seul à nouveau.

De retour dans la pièce, je retrouve ton parfum.
Dans l'air encore absorbé j'ai presque du mal à marcher.
Dans le silence mes pas sont des bruits sourds et un tiroir qui se ferme est un choc.
Un courant d'air et tout se désagrège lentement.
L'écho des derniers mots se tait, les bruits de la ville montent.
À cet instant une mouche passe : elle plonge sous la table, part vers le haut, fait le tour du lampadaire.
C'est fini.
Quelque chose de doux s'attarde dans l'âme suspendue :
ça ne concerne pas le *quoi* et le *pourquoi*,
des mots que tu as dits, que j'ai dits.
Ça concerne ta solitude, Enrica, et la mienne.

Et je pense : ma journée est composée de tant de petits adieux.
Ceci est mon astuce pour arriver jusqu'au soir :
transformer en habitude ce que je crains le plus.

29

Tortula muralis, mousse qui rend les murs doux au toucher de la main
– et pour les fourmis –
égale à toi-même depuis quatre cents millions d'années.
Tu n'as pas déployé de racines, de tiges, de fleurs.
Ni plumes, ni crocs, ni position verticale.
Tu ne t'affoles pas sur l'échelle de l'évolution pour atteindre l'intelligence, la conscience de toi-même, la contemplation de Dieu.

Tortula muralis, tu ne comprendras jamais rien de l'Univers.
Ou peut-être est-ce toi qui as déjà tout compris.

30

Me voilà, je descends en courant San Leonardo, sabots aux pieds,
essayant de rejoindre un patient qui s'est enfui du service.

S'échapper de psychiatrie n'est pas impossible, il suffit de s'accroupir derrière la porte et d'attendre que le docteur Milone revienne d'une consultation nocturne :
lorsque j'ouvre la porte et entre, avec mon sourire de couillon, tu te glisses derrière moi.
Tu es furtif, je ne te vois même pas.
On s'enfuit de psychiatrie depuis toujours, et ce sera toujours comme ça.

Ce n'est pas un drame : ça fait partie du jeu, de l'alliance thérapeutique. Les patients s'amusent et au fond
nous sommes contents nous aussi : un de moins.
Mais si c'est un patient SSC alors ça change tout :
un service sérieux ne laisse pas s'échapper un SSC.

Et me voilà qui cours derrière toi, Piero, à trois heures du matin dans le centre désert de Gênes, la blouse
qui flotte au vent et les sabots qui font : *clac ! clac !*
Un fantôme.
Mais qu'est-ce qu'elle est belle, Gênes, la nuit.

Tu cours en pyjama et pieds nus : tu as un avantage,
tu es plus léger, mais je ne veux pas retirer mes sabots,
la rue est pleine d'excréments et de bouts de verre.
Heureusement, ton avantage est diminué par tous les médicaments que je t'ai donnés, et je m'en félicite :
tu as du mal, tu cours contre le vent.
Ainsi, je n'arrive pas à te rattraper et tu n'arrives pas à me distancer, mais le temps est de mon côté :
je fais du vélo, je mise sur l'endurance.
Je te rattrape tôt ou tard.

Quelle beauté austère dans ces palais, quel éclat des lumières, quelle paix, quel silence,
Gênes se montre, ouvre ses bras, si seulement on pouvait s'arrêter…
Mais on court : *clac ! clac ! clac !*

On passe devant le rideau du meilleur glacier de la ville
et on se retrouve piazza de Ferrari :
pas un chat, elle n'est que pour nous.

Tu cours autour du bassin de la fontaine, je te suis.
Un groupe d'ivrognes surgit du centre historique et,
en nous voyant, arrête de chanter :
il y a un fantôme qui poursuit un somnambule.

Je te vois t'élancer vico San Matteo,
précipitamment, vers la mer. Je te suis.
Clac ! Clac ! Piazza de Ferrari résonne la nuit.
Un gendarme, par réflexe, se met à courir derrière nous.
Il court avec ses bottes.
Mais qu'est-ce qu'elle est belle la bande d'étoiles au-dessus des ruelles.

Arrivé piazza Caricamento tu es cuit,
si ce n'est pas moi, c'est la mer qui va te freiner.
Tu t'arrêtes, essoufflé, adossé à la rambarde au bord de l'eau.
Je te rejoins et je viens près de toi, essoufflé aussi.
Pendant un temps, on ne pense qu'à reprendre notre souffle, puis je suggère, haletant : on part en Corse, qu'est-ce que tu en dis ?

Sur ce, le gendarme arrive.

31

Et pendant que les patients hurlent, un infirmier jure, deux en viennent aux mains, un se plaint,
un autre est au téléphone de son côté, les radiateurs ne fonctionnent pas, il n'y a plus de stylos,
le collègue proteste : pourquoi tu l'as admis s'il va bien ?

Et le patient proteste : pourquoi tu m'as admis si je
vais bien ?
Je continue de rôder,
avec mes petites lunettes, à la recherche de la douleur
des autres.

32

Toi qui restes, sois gentil :
préviens-moi quand Gina commence à parler.
Préviens-moi quand Emilio ne rigole plus.
Préviens-moi quand Filippo n'entend plus les voix.
Préviens-moi quand Tommaso sort de chez lui.
Préviens-moi quand Lucrezia revient de cet endroit où
elle est partie.
Un sourire et un oui de la tête suffiront.
Je comprendrai.

Note de l'auteur

J'ai commencé à travailler en 1980 dans l'un des dispensaires qui venaient d'être créés, puis entre 1988 et 2016 j'ai travaillé dans un service psychiatrique hospitalier. Cela fait presque quarante ans de vie et de psychiatrie, que ce livre relate de manière tout à fait personnelle, sans respecter l'ordre chronologique des évènements. Les fragments qui composent ces pages sont mélangés et juxtaposés pour des questions de résonance ou de contraste, rassemblés par thèmes, et couvrent toute la période de mon activité professionnelle.

Pendant ces années, de nombreuses choses ont changé : les cuisines dans les services n'existent plus, personne ne s'aviserait jamais de faire d'un cagibi une pièce pour les entretiens, et ainsi de suite. Mais surtout, les médicaments et les directives ne sont plus les mêmes, et le recours à la contention a considérablement diminué.

Je ne suis pas un nostalgique de la vieille psychiatrie : la question ne se résume pas à contenir ou ne pas contenir, mais à pratiquer un bon ou un mauvais soin psychiatrique. L'essentiel est de ne pas abandonner son patient.

Les personnages que je décris ne correspondent pas à des personnes réelles. Notez bien que j'ai failli appeler Fabio – c'est mon deuxième prénom – le personnage de Rufo : il y a donc un jeu de miroirs avec les personnages apparemment les plus éloignés de moi, et même avec les patients. J'ai évoqué, pour le plaisir, de rares aspects critiques ou ridicules dans un cadre général sensiblement positif, peuplé de centaines d'excellents collègues avec qui j'ai eu l'honneur et la joie de travailler durant des années.

Je remercie Giovanni Profumo. Sans son entêtement, ce livre n'aurait jamais existé.

Photocomposition Nord Compo

Achevé d'imprimer en février 2023
par CPI BRODARD & TAUPIN (72200 La Flèche)
pour le compte des Éditions Calmann-Lévy
21, rue du Montparnasse, 75006 Paris

PAPIER À BASE DE
FIBRES CERTIFIÉES

CALMANN LÉVY s'engage
pour l'environnement en réduisant
l'empreinte carbone de ses livres.
Celle de cet exemplaire est de :
900 g éq. CO_2
Rendez-vous sur
www.calmann-levy-durable.fr

N° d'éditeur : 2480540/01
N° d'imprimeur : 3051720
Dépôt légal : mars 2023
Imprimé en France.